백수귀족 판타지 장편소설
WISHBOOKS FANTASY STORY

바바리안

퀘스트

 11

백수귀족 판타지 장편소설

초판 1쇄 찍은 날 | 2019년 4월 23일
초판 1쇄 펴낸 날 | 2019년 4월 30일

지은이 | 백수귀족
펴낸이 | 예경원

기획 | 위시북스
편집책임 | 이규재
편집 | 위시북스

펴낸곳 | 예원북스
등록번호 | 제396-2012-000132호
등록일자 | 2012. 7. 25
KFN | 제1-404호

주소 | 경기도 고양시 일산동구 호수로 646-24 위너스21II빌딩 206A호 (우)10401
전화 | 031-819-9431 팩스 | 031-817-9432
E-mail | yewonbooks@naver.com

ISBN 979-11-6424-252-8 04810
　　　979-11-6098-950-2 (set)

백수귀족 판타지 장편소설

WISHBOOKS FANTASY STORY

바바리안

11

퀘스트

Wish Books

CONTENTS

Chapter 1

　사미칸은 자신이 죽는다고 생각했다. 가슴을 두드리는 타격이 느껴졌다. 그는 다음부터는 갑옷을 입어야겠다는 생각을 하며 웃었다.

　"대족장!"

　전사들이 달려들었다. 그들이 사미칸을 붙잡고 뒤로 끌어갔다. 사미칸이 쓰러지면서 하늘을 바라보다 눈을 감았다.

　'난 위대한 사람이 되고 싶었다.'

　시간이 지나도 이름이 흐려지지 않는 사람. 남들 위에 군림하며 모두가 우러러볼 업적을 세우는 자.

　사미칸은 눈을 떴다. 생각보다 아프지 않았다. 그는 자신의 가슴팍을 바라봤다.

키잉.

화살이 박힌 곳은 태양 목걸이의 장식 부분이었다. 은으로 만든 태양 장식에 얽힌 화살은 살을 조금 파고들었을 뿐이었다. 기껏해야 살가죽이 파인 정도였다.

"기적이다."

사미칸의 상처를 확인한 전사가 그리 말했다.

"하늘의 가호가 대족장을 지켰다!"

귀가 먹먹할 정도로 전사들의 목소리가 컸다. 사미칸은 화살이 박힌 태양 목걸이를 바라봤다.

'이게 날 지켜주다니……'

천운이었다. 그것 말고는 표현할 방법이 없었다. 화살이 박힌 태양 장식은 구부러지고 찌그러졌다.

'태양신 루.'

사미칸이 입술을 비틀었다. 신이 그를 지켜주고 있다는 생각이 들었다. 등 뒤에서 보이지 않는 존재가 자신을 밀어주는 듯했다.

"내게 아직 시간이 있다는 말이로군."

중얼거리며 일어섰다. 떨어뜨린 칼을 잡아서 들어 올렸다. 화살을 맞고도 일어선 사미칸을 보며 전사들은 눈을 크게 떴다.

뿌득.

사미칸은 태양장식에 막힌 화살을 부러뜨려서 내던졌다.

스륵.

사미칸이 칼을 높게 들어 올렸다. 원래도 겁이 없었던 전사들은 마치 죽음을 향해 달려가듯 무자비하게 쇠붙이와 화살 사이를 뛰어갔다. 대족장이 선두에 서다가 화살을 맞았는데 몸을 사릴 전사는 없었다.

압도적인 사기 앞에 제국군의 방진이 무너졌다. 전사들이 제국병의 방패를 밟고 창날과 칼날 사이에 몸을 던졌다. 형제의 시체를 밟는 전사들은 적의 목을 베며 짐승처럼 울부짖었다.

바그나 장군의 계책은 역효과였다. 야만인의 수장을 죽이기는커녕 그들의 사기가 더 올라갔다. 어찌 된 영문인지는 몰라도 무너지는 방진을 보며 바그나는 비명을 질렀다.

"마, 말을 준비해라!"

바그나 장군이 말고삐를 잡으며 안장에 올라탔다. 그는 부관과 기사들에게 후퇴명령을 내렸다. 전열에 있는 징집병들은 수뇌부가 도망가는 것도 모른 채로 싸우다가 죽어갔다.

"제기랄! 망할! 개자식들!"

바그나는 누구에게 욕하는지도 모를 욕설을 내뱉었다.

'난 끝장이다.'

별다른 소득도 없이 병력을 말아먹었다. 대치상태를 겨우 유지하던 서부전선은 다시 야만인들이 날뛰는 난장판이 될 터다.

지금 제국은 북부전선에 신경을 쓰고 있었다. 조직화된 북부인은 크나큰 위협이었다. 그런 와중에 서부전선이 무너지면 골치 아픈 상황이 된다.

공을 탐하다가 파멸하는 기사. 바그나는 자신이 그런 상황에 처할 줄은 상상도 못 했다.

픽!

전방에서 화살이 날아왔다. 바그나의 옆에서 말을 몰던 기수가 화살에 맞아 나가떨어졌다.

"뭐, 뭐야!"

바그나가 말머리를 틀며 부관들에게 앞으로 가라고 지시했다. 부관들은 불안한 얼굴로 칼을 뽑아 전진했다.

스륵.

오솔길 좌우에서 전사들이 튀어나왔다.

바그나는 서부의 약탈자들이 후방에도 병력을 배치한 줄 알았으나, 자세히 보니 약탈자들과는 복식이 달랐다.

"북부인?"

수염을 땋은 모양새, 목을 보호하기 위해 길게 길러 묶은 머리카락, 북부인 특유의 양손전투도끼. 누가 봐도 북부 출신의 복식이었다.

바그나가 뭐라 말하기도 전에 북부인들이 바그나와 부관들을 습격했다. 그들의 도끼날에 말의 목이 뎅겅뎅겅 잘려 나갔다. 낙마한 기사들은 투구가리개 사이로 비집고 들어오는 칼날에 찔려 비명을 질렀다.

저벅, 저벅.

북부전사들 사이에서 유릭이 걸어 나왔다. 그는 도끼를 힘껏 던져서 도망가는 바그나를 말에서 떨어뜨렸다.

"카악!"

바그나가 비명을 지르며 엎어졌다. 발목을 접질렸지만 꾸역꾸역 일어서서 도망가려 했다.

뿌득.

유릭이 바그나의 등을 밟으며 그의 목에 칼을 들이밀었다.

"네가 지휘관인가?"

"그, 그렇소! 내가 바로 바그나 보르덴이오!"

유릭은 바그나의 머리통을 걷어찼다. 바그나는 눈을 까뒤집으며 기절했다.

"유릭?"

바그나를 쫓아온 연맹군은 낯선 북부인들을 이끄는 유릭을 보며 눈을 크게 떴다.

"유릭이 돌아왔다!"

전사들이 그 말을 입과 입을 통해 전달했다. 유릭의 귀환을 알렸다.

전장 한가운데에는 피를 뒤집어쓴 사미칸도 있었다. 사미칸은 돌아온 유릭을 멀리서 바라보며 눈을 가늘게 떴다.

연맹군의 사기는 드높았다. 제국의 봉쇄를 부쉈으며 연맹의 한 축이었던 유력이 돌아왔다. 그들은 제국병사들의 무구를 챙기곤 시체들을 모아서 한 번에 태웠다.

 시체가 타는 냄새가 자욱한 전장 한가운데서 전사들은 승리를 축하하는 연회를 열었다.

 "대족장 사미칸은 화살을 맞아도 죽지 않아."

 "죽음조차 대족장을 피해가지!"

 전장에서 있었던 일들이 서로의 입을 타고 술자리의 안주가 되었다.

 한편에서는 부상을 입은 전사들은 죽어가고 있었다. 주술사들이 죽음이 가까워진 전사들에게 고통을 덜어줄 약을 처방하며 내세의 안녕을 기원했다.

 "저들이 북부의 사람들이란 말이야?"

 "생긴 건 험악하군."

 유력이 데려온 북부전사들은 자기네들끼리 모여 식사를 했다. 그들도 서부의 약탈자들을 힐끗힐끗 쳐다보며 뭐라 평했다.

 "약탈자의 덩치가 생각보다 작군. 유력처럼 클 줄 알았는데."

 "저래서 제대로 싸우겠어?"

"저들이 우리말을 알아듣진 못하겠지만 무시하지 않는 게 좋소. 누가 뭐래도 제국군과 여러 번 싸워서 경험을 갖춘 군대지."

태양전사 하발드가 말했다. 그는 유릭과 함께 이동해 북부 전사들을 통솔하는 역할을 맡았다.

유릭은 연맹군의 부족장들과 해후했다. 유릭을 기다리고 있었던 자가 많았다.

"저들은 우리와 동맹이다. 지금 제국군은 북부에서 많은 병력을 쏟고 있어. 북부와 서부는 같이 싸우진 않아도 실질적으로 서로에게 이득이 되는 거지."

"과연 그래서 제국군의 증원이 없었던 거로군."

"전선이 둘이라면 골치가 아프겠지."

유릭은 멋대로 연맹을 이탈해 북부와 동맹을 맺었다. 대족장 다음가는 영향력을 가진 유릭일지라도 사실상 월권행위였다. 하지만 유릭을 탓하는 사람은 없었다.

사미칸이 유릭의 월권행위를 지적해 봐야 자신의 위신만 떨어질 뿐이었다. 그는 유릭의 잔을 채워주며 웃었다.

"내 형제이자 대지의 아들인 유릭을 위해 잔을 들겠네!"

사미칸이 잔을 높게 들었다. 다른 부족장도 소리를 지르며 잔을 부딪쳤다.

"그 북부인들은 믿을 만한 사람들인가?"

"제국에 대한 반발심이 뿌리 깊게 박혀 있어. 제국군의 목을 벨 수 있다면 자다가도 벌떡 일어날 놈들이 수두룩해."

유럭이 북부에서 있었던 일을 자랑스레 떠벌렸다. 모닥불에 둘러앉아 술을 마시니 이야기가 술술 튀어나왔다.

"사미칸, 오늘 전투에서 화살을 맞았다고 들었는데?"

유럭이 문득 이야기를 멈추더니 화제를 돌렸다.

"이것 덕분에 살았지."

사미칸이 태양 목걸이를 꺼냈다. 화살에 맞아 찌그러진 장식은 그 나름의 멋이 있었다. 오히려 깊은 의미가 있는지라 중요한 성물처럼 보였다.

"태양신의 상징이로군. 문명의 신이 너를 지켜준 건가?"

유럭이 눈을 크게 떴다. 단순한 우연이라고 말하기에는 기이한 일이었다.

'어째서 루가 사미칸을 지켜준 거지?'

유럭과 사미칸은 문명세계를 파괴하는 침략자다. 그런 사미칸이 태양신의 보호를 받았다는 게 이해되지 않았다.

"어쩌면 저들의 신이 노해서 우리를 돕는 것일 수도 있지."

사미칸이 그리 말하자 전사들이 입을 벌리며 웃었다. 먹던 음식이 지저분하게 드러났다.

"그렇다면 우리가 놈들의 천벌이 되는 거로군!"

한편에서는 포로로 잡은 제국군들이 묶여 있었다. 그 앞에는 게오르크와 문명인 용병들이 패잔병 회유를 하고 있었다.

연맹군 내부에도 패잔병 출신 문명인이 제법 많았다. 그들은 전리품을 똑같이 나눠 주는 연맹군의 대우 때문에 떠나지 않고 잔류했다.

게오르크가 특유의 입담으로 합류를 종용했다. 그의 안면에 피가 섞인 침이 날아왔다.

"퉷! 차라리 죽여라! 더러운 야만인과 이 배신자들아!"

포로로 잡힌 제국병사가 그렇게 외쳤다. 호기롭게 외쳤지만 그의 목은 바로 뎅겅 잘려서 바닥에 굴렀다.

게오르크는 얼굴에 묻은 침을 닦아내며 아무렇지도 않게 말을 이었다.

"약탈자들은 전리품을 똑같이 나눈다. 세 번을 함께 싸우면 가진 전리품을 가지고 고향으로 돌아갈 수 있게 해주지. 실제로 우리와 함께 싸웠던 노예 출신 혹은 용병들은 부를 쌓고 집으로 돌아갔다! 거기 당신! 원래 직업이 뭐지?"

게오르크가 지저분한 사내를 지목했다. 사내가 얼떨결에 대답했다.

"목수요."

"지금 돌아가 봐야 영주들의 전쟁에 차출되겠지. 당분간 전쟁이 계속될 테니까. 무일푼이나 다름없이 싸워야 될 거야. 하지만 약탈자의 편에 서면 금과 보석도 가질 수 있어."

게오르크가 금목걸이를 꺼내더니 흔들었다. 패잔병의 눈에 탐욕이 스쳐 갔다.

"어차피 싸울 거라면 금은보화를 얻을 수 있는 쪽에 붙는 게 낫지 않아? 나도 원래 노예 출신이었다! 너희들처럼 강제로 끌려 나와 의미도 없는 싸움에 피를 흘렸지! 하지만 이제 나는 그 누구도 아닌 나 자신을 위해 싸운다! 싸운 만큼 가져가고 얻는 사유인이지!"

게오르크의 연설에 노예나 범죄자 출신 병사들은 동의하듯 고개를 끄덕였다. 그들은 당장에라도 연맹군에게 합류할 기세였다.

지금까지 전쟁은 귀족들의 것이었다. 명예와 부는 모두 귀족이 가져갔다. 평민들은 싸워봐야 얻을 게 없었다. 기껏해야 겨울에 굶주리지 않을 정도의 식료품과 은화가 전부였다.

"피를 흘린 만큼 가져가고 싶다면 일어서라! 그것이 진정한 정의다! 무기를 들고 자신의 것을 쟁취해라! 뺏길 바에 뺏는 자가 돼라!"

게오르크는 목구멍이 따끔할 정도로 목청을 높였다. 그의 연설실력은 일취월장했다. 원래도 말솜씨가 좋았지만, 선동과 회유 역할을 맡으면서 목소리의 강약과 억양의 고저를 조절하는 법을 익혔다. 서기관의 노예 출신이었는지라 진정성도 있었다.

게오르크의 말이 없는 자들의 마음을 파고들었다.

"정말로 우리도 똑같이 나눠 받을 수 있는 거요? 전리품을 가져갈 수 있단 말이오?"

"그 누구도 댁이 가진 걸 빼앗지 않을 거요."

"그렇다면 함께하겠소."

시작이 어려울 뿐이다. 합류하겠다는 패잔병들이 서서히 일어섰다. 그들 중에는 게오르크가 미리 패잔병 포로 속에 심어둔 바람잡이들도 있었다.

"대단한 말솜씨로군! 잘도 구워삶았어."

하발드가 게오르크를 보며 칭찬했다. 제국 수도에서도 저 정도 연설실력이면 고용할 귀족이 많을 터다.

"크흠, 큼. 말을 많이 하다 보니 익숙해진 겁니다."

게오르크가 물을 마시며 목을 다듬었다. 패잔병 태반이 연맹군에 합류했다. 그 숫자는 천여 명이 넘었다. 규율이 없는 저급한 병사들이었지만 난전을 자주 벌이는 연맹군에게는 귀한 전력이었다.

"황제폐하께서 보고 계신다! 이 자식들아!"

"배신자들!"

"네놈들의 배신을 모를 것 같으냐!"

충성심 높은 제국의 직업군인들은 연맹에 합류하는 병사들을 보며 욕설을 내뱉었다.

게오르크는 회유당하지 않은 병사들을 바라봤다. 그가 칼을 든 전사들에게 턱짓을 했다. 곧 차례대로 비명이 울려 퍼졌다. 잘 훈련된 제국병사는 큰 위협이기에 살려 보낼 순 없었다.

하발드는 껄끄러운 표정으로 충성심과 명예를 지키다가 죽는 병사들을 바라봤다. 태양전사 입장에서는 불편한 일이었다.

'배신자라……'

뭐가 진짜 옳고 그른 일인지는 당장 눈으로 보이지 않았다. 하발드도 거대한 시대의 흐름이 휩쓸려 어쩌다 보니 여기까지 왔을 뿐이었다.

하발드는 죽은 병사들 앞에서 장례기도문을 나직이 읊조렸다. 다른 북부전사와 서부의 약탈자들은 연회를 즐겼지만, 하발드는 그럴 기분이 아니었다.

웅성, 웅성.

갑자기 분위기가 가라앉았다. 하발드는 눈을 들어서 연회가 한창이었던 연맹의 부족장들을 바라봤다.

"……그 말이 사실인가?"

무거운 침묵을 깨고 사미칸이 말했다. 소식은 아르텐 전초기지에서 온 것이었다. 전장의 열기도 아직 가라앉지 않았다.

"노아 아르텐이 시체로 발견되었습니다, 대족장."

사미칸이 잔을 떨어뜨리곤 고개를 숙였다. 그가 두 손으로 얼굴을 쓸어내리며 감았던 눈을 떴다. 고요한 분노가 가슴을 흔들었고, 태양 목걸이가 짤랑였다.

노아 아르텐의 시체는 요새 밑에 있는 해자에서 발견되었다. 젖은 시체를 끌어올린 전사는 악취에 인상을 찌푸렸다.

"살해당했군."

유릭이 노아의 시체를 살피며 말했다. 노아의 가슴팍에는 칼날이 뚫고 지나간 흔적이 있었다.

"뒤에서 찌른 거다, 사미칸."

유릭이 시체를 확인하곤 사미칸을 돌아봤다. 그는 사미칸의 표정을 보고는 움찔했다.

'이거 꽤 곤란하겠는걸. 단단히 화가 났네.'

항상 여유가 있던 사미칸의 얼굴은 증오로 물들었다. 그러나 다른 전사들에게 감정적인 모습을 보여주지 않았다. 상대가 유릭이기에 감정을 온전히 드러낸 것이다.

"누군가가 죽었단 말이지……. 우리가 싸우는 동안 요새에 남아 있던 놈들 중 누군가가……."

유릭은 슬그머니 뒤로 빠졌다. 사미칸이 노아의 시체를 바라보며 한참이나 앉아 있었다. 가슴의 상처에서는 더 이상 피가 흘러나오지 않았다.

짤랑.

사미칸의 가슴에서 청량한 소리가 났다. 노아에게 받은 태양 목걸이였다. 찌그러진 태양 장식이 은은하게 빛났다.

'원래는 내가 죽을 운명이었다.'

죽음이 코앞까지 왔었다. 노아에게 받은 태양 목걸이가 없었다면 죽었을 터다.

"나를 피해간 죽음이 너를 덮쳤군. 네가 받은 신의 가호를 내게 넘겨준 탓이다. 멍청한 녀석."

사미칸이 입술을 비틀었다. 그는 노아의 뺨을 툭툭 쳤다.

"저들의 방식으로 장례를 치러라."

사미칸이 그리 명했다. 전사들이 죽은 노아를 위해 장작을 쌓아 올렸다.

'유릭은 아니야. 유릭은 노아를 죽일 시간도 없었고 그런 짓을 할 사내가 아니다.'

사미칸은 유릭을 경계하면서도 믿고 있었다. 유릭은 사미칸이 아는 전사 중에서도 최고의 전사다. 진정한 전사는 협잡꾼 같은 짓을 하지 않는다.

'걸리는 사람이 너무 많다.'

아르텐 전초기지에 남아 있던 사람은 한둘이 아니다. 혹시라도 모를 역습에 대비해 방어병력을 상당수 배치했다.

사미칸에겐 적이 많았다. 연맹에 속한 부족장과 전사들 대부분이 과거에는 적이었다. 사미칸에게 나쁜 마음을 먹어도 이상하지 않다.

사미칸과 유릭은 단둘이서 이야기를 했다. 유릭이 팔짱을

끼며 사미칸의 말에 고개를 끄덕였다.

"……짚이는 사람이 그렇게나 많다면 심증으로 찾는 건 무리로군. 평소에 처신을 좀 잘하지 그랬어?"

"내 위치에 있으면 처신을 잘한다고 적이 안 생기는 건 아니지."

"어쨌든 범인을 찾는 건 무리라는 거군."

"지금 상황에서 내가 범인을 찾아 부족장들 하나하나 심문한다면 연맹이 무너진다. 노아도 그렇게 되길 바라지는 않겠지."

사미칸이 주먹을 세게 쥐었다. 그가 분노를 크게 삼키더니 말을 이었다.

"네가 범인을 찾아라, 유릭. 내 권위를 실추시키려는 무리가 연맹 안에 있다."

유릭이 이를 드러내며 웃었다.

"나는 그 무리에 포함되지 않는 건가?"

"너는 내 형제다. 믿을 수 있어."

사미칸이 유릭의 팔뚝을 잡으며 눈을 마주쳤다.

"진작 그렇게 생각하지 그랬어? 너무 늦은 게 아니야?"

유릭이 헛웃음을 흘리며 비아냥거렸다.

"우리 사이에 많은 일이 있었고 오해도 있지만 나는 이제 널 안다, 유릭."

"아직 나는 널 잘 모르겠는걸."

"너는 사리사욕 때문에 남을 배반할 그릇은 아니야. 내가 신뢰를 지킨다면 너도 날 지키겠지."

사미칸이 그리 말하며 유릭을 지나갔다. 유릭은 떨떠름하게 서서 사미칸의 뒷모습을 봤다.

"뭐, 틀린 말은 아니지."

기분이 묘했다. 스스로 선택한 것이지만 사미칸은 무거운 책임을 짊어지고 있었다. 그런 위치에 있기에 형제와도 같은 벗이 죽었는데도 감정을 터트리지 못한다. 비록 자신의 야망 때문이지만 복수보다 연맹의 안위를 먼저 생각했다.

"네놈의 신세도 만만찮게 안쓰럽군."

유릭이 삐걱거리는 목을 좌우로 비틀었다. 뼈가 우둑우둑 하는 소리가 났다.

유릭은 아르텐 전초기지로 돌아온 뒤에 많은 사람을 만났다. 유릭은 연맹 내에서 지위가 있는 자였고, 매일 알현하듯 사람들이 찾아왔다.

"정말로 연맹을 이끄는 위치에 있었군."

태양전사 하발드는 유릭의 옆에서 서부의 약탈자들을 관찰했다. 이질적이면서도 때론 익숙한 무리들이었다.

하나 분명한 것은 이들도 전사사회를 유지하는 자들이라는 점이다.

"그럼 내가 거짓말하는 줄 알았어? 내가 대족장은 아니지만 적어도 내가 맺은 동맹을 깨진 않을 거다. 내 얼굴값도 있고, 우리에게도 동맹이 필요하거든."

하발드는 유릭의 지위를 보고 안심했다. 유릭의 약조를 깨뜨릴 만한 사람은 연맹에 하나뿐이었다.

"대족장의 이름이 사미칸이라고 했소?"

"그래, 나와 형제의 서약을 맺은 사이기도 하지."

유릭과 하발드는 다음 사람이 들어오기 전에 이야기를 나눴다. 하발드는 여전히 태양전사의 복식을 갖춘 채로 다녔다.

"형제인 것치고는 사이가 좋아 보이지 않는 것 같더군."

"너도 형제라고 부르는 사내들과 서로 칼부림하고 죽였잖아. 사이야 안 좋을 수도 있지."

하발드가 움찔했다. 화가 나도 반박할 여지가 없었다. 태양전사들이 분열하고 싸운 건 사실이다. 서로의 생각이 너무나 달랐다.

"유릭, 육손이가 왔습니다."

게오르크가 문을 삐걱 열며 말했다. 유릭이 턱짓을 했고 육손이가 슬금슬금 유릭의 거처로 들어왔다. 유릭은 의자에 앉은 채로 육손이를 맞이했다.

"오랜만이오, 대지의 아들 유릭."

육손이가 늑대의 머리뼈와 곰발바닥이 달린 종려나무 지팡이를 흔들며 말했다. 그가 여섯 손가락을 거미다리처럼 흔들었다.

유릭의 뒤에 서 있던 하발드는 대놓고 육손이의 복장과 괴기함에 혐오감을 표했다.

"요사스럽군. 제국에서 저러고 다녔다면 목이 밀쩡하지 못했을 거요."

육손이는 하발드의 언어를 이해하지 못했지만 좋은 소리가 아니라는 것쯤은 알았다.

"저 사내가 나를 싫어하는 것 같소만? 유릭."

"좀 복잡한 환경에서 자란 친구라서 그래. 놔둬."

"둘이서만 이야기하고 싶소."

유릭은 주변에 머무는 측근들을 모두 물렸다. 유릭의 손짓한 번에 처소가 쥐 죽은 듯이 조용해졌다.

"우리 사이에 탁 트고 말하자고, 육손이. 서로 음흉한 속내를 숨겨가며 말할 사이는 아니잖아? 안 그래?"

유릭이 배실배실 웃었다.

육손이도 똑같은 웃음으로 답했다. 악취가 풍기는 썩은 이가 드러났다. 약초를 많이 피워서 이의 색이 검고 누렜다.

"……노아 아르텐을 죽인 사람을 찾고 있다고 들었소."

육손이가 운을 띄웠다. 두 사람의 눈이 마주치며 오갔다.

"네가 노아를 죽인 거냐?"

"내가 죽이지 않았소."

"그냥 떠본 말이야. 그럴 것 같았어. 너는 사미칸을 두려워하지. 노아를 죽인다는 선을 넘지 못했을 거야. 노아를 죽인 걸 들키면 사미칸은 반드시 널 죽일 테니까."

유릭의 샛노란 눈동자가 육손이를 응시했다. 육손이는 맹수 앞에 서 있는 것처럼 오싹했다.

"이해했으면 됐소. 난 내가 노아를 죽이지 않았다는 걸 미리 말해주고 싶었소……."

"그리고?"

"사미칸과 벨루아 사이에서 아이가 생겼다는 건 들었을 거요."

"그거야 축하할 일이지. 남자아이가 태어나 사내답게 잘 큰다면 다음 대족장이 될 터."

육손이가 주름진 눈가를 찌푸렸다.

"당신은 야망이 없소?"

"대족장 말인가?"

"대지의 아들 정도 되는 전사가 연맹의 장이 되어 사내들을 거느리고 싶다는 그런 야망도 없단 말이오?"

육손이가 유릭을 탓하듯 말했다.

"대족장이 된다고 해서 내게 큰 의미는 없어."

유릭이 게슴츠레 눈을 떴다. 눈동자에서는 공허한 빛이 흘렸다. 유릭이 천천히 손을 뻗더니 육손이의 멱살을 잡았다.

"사미칸 타도는 너의 야망일 뿐이지. 내게 주절거리지 마라. 하고 싶다면 내 손을 빌리지 말고 스스로 해라."

육손이가 시선을 피했다. 유릭이 그를 놓았다.

"언젠가 다시 사미칸에게 당할 거요. 당하기 전에 치는 게 싸움의 기본이지 않소."

"사미칸에게 오늘의 일을 말하기 전에 냅다 꺼져."

육손이는 불편한 기색을 숨기지 않고 유릭의 처소를 나갔다.

혼자 남은 유릭이 술이 담긴 가죽주머니를 들었다.

"이놈이고 저놈이고……."

단숨에 술주머니를 비운 유릭이 입가를 닦았다.

Chapter 2

　연맹군은 앞으로의 행동방침을 결정하기 위해 부족회의를 소집했다. 이번에는 연맹에 속한 부족장들이 대부분 참가했기에 서른 명이 훌쩍 넘었다. 부족장 말고도 주술사나 영향력 있는 전사들이 섞여 있었다.

　"다리를 끊고 서부로 돌아갑시다. 여긴 우리 부족과 거리가 너무 떨어져 있소. 동쪽으로 진군한다면 앞으로도 더욱 멀어지겠지. 우리 부족의 전사들은 고향에 돌아가지도 못하고 가족도 못 본 채로 죽어가고 있소."

　그 말에 동의하는 사내들이 제법 있었다. 대부분 거리가 먼 부족들이었다. 통역들이 말을 전달했다.

　유릭이 말이 끝나길 기다렸다가 대답했다.

"마음은 이해하는데 그건 바보 같은 짓이야. 우리가 다리를 끊고 돌아가 봐야 언젠가 다시 제국군이 산맥을 넘어올 거다. 그땐 지금보다 더 철저하게 준비하고 올 거야. 시간이 얼마가 걸리든 간에 말이지."

"그러면 어쩌자는 말이오? 유릭."

"지금 제국은 북부와 싸우고 있다. 공공의 적을 둔 동맹이 있을 때 제국을 부숴야 돼. 산맥을 넘어 서부를 노릴 역량이 없어질 만큼. 그래, 제국 휘하에 있는 속국이 해방될 정도면 충분하겠지."

"속국이 해방되면 제국도 무너진단 말이오?"

"적어도 서부를 넘어올 생각은 하지도 못하겠지. 눈앞에 더 가까운 적이 있으니까. 지금도 북부라는 적이 생겨서 우리에게 많은 군사력을 쏟지 못하고 있어. 당장 편하자고 다리를 끊고 돌아가면 우리의 아들들이 더 큰 적을 맞이할 거다. 피를 흘리는 건 우리면 충분해."

유릭의 말이 끝나자 퇴각을 주장하던 자들의 목소리가 작아졌다.

사미칸은 주변을 둘러봤다. 그가 깍지를 끼며 부족장들을 바라봤다.

"다른 의견은? 군이 연맹을 벗어나 퇴각한다면 붙잡진 않겠다. 하지만 모든 일이 끝나고 서부로 돌아간 다음에는 적으로 만나겠지."

명백한 협박이었다. 사미칸은 무력으로 서부를 연맹으로 묶었다. 연맹에 속하지 않은 부족들이 어떤 최후를 맞이했는지는 다른 부족장들도 알고 있었다.

"사미칸, 랑케가트의 왕족들을 해방시켜라."

유릭이 삶은 양갈비를 뜯으며 말했다. 오랫동안 푹 고아서 육질이 녹아내리듯 부드러웠다.

"이유는?"

사미칸이 깍지 낀 손으로 턱을 괴었다.

"우리의 잔혹함은 충분히 보여줬어. 어차피 랑케가트는 더 이상 우리와 싸울 힘이 없다. 대항하지 않는다면 협상이 가능하다는 걸 보여줄 필요가 있어. 그래야 다른 왕국과 협상하기도 편할 거야."

"기껏 잡은 왕족을 그런 이유로 보내줘? 진심이냐, 유릭?"

사미칸이 눈살을 찌푸렸다. 랑케가트가 남은 여력을 짜내 연맹에 대항할 가능성도 있었다.

"다시 놈들이 덤빈다면 그때는 정말로 몰살이 뭔지 보여주면 돼. 내가 직접 놈들의 머리 가죽을 벗겨 버리지."

부족장들이 웅성거렸다. 볼모를 그냥 풀어준다는 유릭의 제안에 반대하는 이가 많았다.

"……알겠다, 유릭. 랑케가트의 왕족을 풀어주지."

다른 부족장들은 사미칸이 반대할 줄 알았다. 하지만 그는 유릭의 조언을 받아들였다.

'노아도 유릭과 똑같은 말을 했을 거다.'

사미칸이 씁쓸하게 태양 목걸이를 매만졌다. 사람을 잃고 이렇게 공백을 크게 느낀 적은 처음이었다.

연맹군은 약탈을 시작했다. 그들은 가까운 도시와 영지를 습격해 가을 내내 비축해 둔 식량고를 털었다. 제국의 보호만을 믿던 사람들은 무자비한 약탈자들을 당해내지 못했다.

"왜 우리가 가까이 있는 줄 알면서도 여기에 계속 살고 있는 거지?"

검은창 부족장이 중얼거렸다.

"땅을 버리지 못하는 거다. 정착생활을 하는 놈들이니까. 땅을 버리고 가도 살아남을 방법이 없거든"

유릭이 불타오르는 마을을 보며 말했다. 연맹군은 여럿으로 나뉘어 주변을 약탈했다. 약탈한 물품은 아르텐 전초기지에 모여서 서부로 들어갔다.

달그락, 달그락.

짐마차가 약탈군 뒤로 빠져나왔다. 짐마차에는 약탈한 식량과 보물들이 가득 담겨 있었다.

"노아 아르텐을 죽인 사람이 누군지 감은 잡히시오?"

"글쎄, 누군지는 몰라도 사미칸을 싫어하는 사람이 아닐까?"

"그러면 너무 많구려, 하하."

검은창 부족장이 웃었다. 그 말에 유릭도 같이 웃었다.

마을에 조그마한 자경단은 굴복했고, 전사들은 집집마다 돌아다니며 학살과 겁탈을 자행했다. 유릭은 이맛살을 찌푸리면서도 그들을 제지하지 못했다. 피를 흘린 자의 정당한 권리였다. 발디마의 전사들이나 바위도끼 부족 출신들 정도가 유릭의 금지명령을 들을 터다.

'이런 식으로 가는 곳마다 초토화시키면 모든 문명인들이 우리를 미워할 거다. 우리의 미래를 위해서 자비를 베풀어야 돼.'

약탈을 끝마친 연맹군의 부대들이 아르텐 전초기지로 하나둘씩 돌아왔다. 전사들의 얼굴은 웃음으로 가득했다.

"정말로 이걸 우리가 가져도 되는 거야?"

"나 게오르크 아르투어가 약속했잖아. 싸운 만큼 정당한 대가를 얻을 거라고."

저번 전투에서 합류한 문명인 부대에도 약탈품이 돌아갔다. 그들은 평생 만져보지도 못할 귀금속을 바라보며 탐욕의 눈을 빛냈다. 재물의 달콤함을 맛봤으니 연맹군에서 쉽게 떨어져 나가지 않을 터다.

대대적인 약탈 성공에 연맹군의 사기가 한껏 올랐다.

사미칸이 문을 삐걱 열며 처소에서 나왔다. 그는 저번 전투에서 무리를 했기에 이번 약탈에 참가하지 못했다. 그의 안색은 종종 보랏빛으로 물들기도 했다.

"유릭, 검은창의 구르헨 부족장의 반응은?"

유릭을 검은창 부족장과 함께 보낸 건 사미칸의 의도였다.

"역시 너한테 반감은 가지고 있더군. 하지만 노아를 죽이지는 않았을 거야."

"확실한가?"

"그래."

사미칸이 손짓하며 유릭을 자신의 처소로 불러들였다.

"후우."

사미칸이 크게 숨을 마시곤 내뱉었다. 그가 노인처럼 엉거주춤하게 의자에 앉았다.

"몸이 많이 안 좋은 모양이지?"

사미칸은 대답 없이 잎에 싼 환약을 입안에 넣었다. 그는 환약을 씹어 삼키고는 몸을 잠시 부르르 떨었다. 통증이 가셨는지 그제야 유릭을 똑바로 바라봤다.

"검은창의 구르헨이 노아를 죽이지 않았다고?"

"구르헨은 당시에 전장에 있었어."

"부하를 시켰을 수도 있지. 검은창의 전사들은 뛰어나. 내 손에 죽은 형제도 많을 거다."

"구르헨이 노아를 죽여서 얻을 이득은 없어."

"이득이 없어도 원한 때문에 그러고도 남아. 멍청한 놈들은 문명인 노아가 자신들 위에서 명령을 내리는 걸 싫어했어."

사미칸이 이를 갈았다. 그가 태양 목걸이를 매만졌다.

"억측이다, 사미칸."

"……지금 내가 믿을 수 있는 사람은 너밖에 없다. 넌 그동안 연맹을 비우고 있었어. 지금 내부가 돌아가는 꼴을 잘 모를 거다."

사미칸이 낮게 말했다. 그는 술잔을 유릭에게 내밀었다.

"누가 뭐래도 부족장들은 대족장인 널 지지하고 있어. 싫어하든 좋아하든 그게 중요한 게 아니라, 너 말고는 연맹을 이끌 구심점이 없다고 생각하지. 지금 네게 반기를 들 사람은 없다."

"없다고? 헛소리! 사사건건 내 뒤통수를 치려고 하는 놈들이 저 밖에 널려 있어! 내 지병을 보고 혀를 차는 소리가 내 뒤에서 들린다. 놈들이 아니면 누가 노아를 죽였다는 거지? 말해 봐라, 유릭."

사미칸이 손가락을 벌벌 떨었다.

"어쨌든 구르헨 부족장은 노아를 죽이지 않았어. 내가 더 알아보도록 하지."

유릭은 술잔을 비우지 않고 그대로 놔뒀다. 그가 사미칸의 처소에서 빠져나왔다.

연맹은 겨우내 아르텐 전초기지를 비우고 진군할 준비를 했다. 겨울이 끝나면 제국의 역량을 갉아먹기 위해 제국의 직할령을 침공할 예정이었다. 연맹의 움직임이 심상치 않은데도 제국에서는 쉽사리 토벌군을 보내지 못했다.

북부에서는 독립군이 제국군과 맞서고 있었다. 겨울의 북부는 제국군에게 사나웠고, 북부의 독립군은 충분한 시간을 벌어 자신의 세력을 불렸다. 북부독립군은 제국군이 지어둔 여러 북부요새를 점거해 자신의 영토라 선포하고 왕국을 주장했다.

제국 입장에서는 난처한 일이었다. 북부를 독립왕국으로 인정한다면 제국의 위신과 체면이 땅에 떨어진다. 야만인 왕국조차 독립하는데 문명인 속국을 거느린다는 건 어불성설이었다.

북부의 독립왕국은 다른 속국의 독립주장의 단초가 된다. 제국의 입장에서는 서부의 약탈자보다 더 위험한 부류였다.

"봄과 여름에 공격을 시작하면 바로 항복하는 무리가 많을 겁니다. 농번기에 공격을 당해 한해 농사를 짓지 못하면 치명적일 터니까요."

게오르크는 유릭의 좋은 조언가였다. 아는 게 많아 유릭의 부족함을 잘 채웠다. 마치 사미칸 곁에 있던 노아 같았다.

유릭과 게오르크는 앞으로 있을 전투의 진로를 예상했다. 그들은 최대한 남부지방을 공격해서 북부전선과 서부전선을 멀리 떨어뜨릴 생각이었다.

"아무리 제국군이라도 전선 둘을 동시에 처리하긴 힘들죠. 아마 총력전을 벌이거나 전선 하나를 포기해야 할 겁니다."

"남부 쪽에 곡창지대가 많다고 들었다. 거길 공격하는 편이 낫지 않아?"

"마르가뉴 지방을 말하는 거로군요. 하지만 쉽지는 않을 겁니다. 곡창지대인 만큼 자치병력도 만만찮으니까요. 소왕국 수준은 됩니다."

게오르크와 유릭이 이야기하는 사이에 전사 하나가 들어왔다. 가족을 보러 서부에 갔다 온 전사였다.

"유릭, 검은창의 구르헨이 죽었어. 야일루드를 건너다가 발을 헛디뎌 넘겨졌다는군."

유릭은 그 말을 듣고는 인상을 찌푸렸다. 야일루드는 물론 위험한 다리다.

하지만 하필이면 검은창의 구르헨이 죽었다.

'사미칸……'

사미칸의 짓인 게 뻔했다. 그가 결국 참지 못하고 구르헨을 죽인 것이다. 증거는 없어도 심증적으로는 확실했다.

많은 부족장들이 구르헨의 죽음에 대해 수군거렸다. 하지만 아직까지 사미칸의 영향력이 연맹을 지배하고 있었다. 검은창 부족의 전사들이 족장의 죽음에 반발하며 연맹을 떠났지만 그뿐이었다.

오랜 겨울이 끝나고 평원에는 새싹이 돋아났다. 낮에 서 있으면 땀을 흘릴 정도였다. 오랫동안 전초기지에서 움츠렸던 전사들이 짐을 짊어졌다.

출전의 날이 왔다. 유릭과 사미칸은 말을 타고는 선두에 섰다.

"구르헨을 건드린 건 실수였다, 사미칸."

유릭이 말 위에서 그리 말했다. 사미칸은 고개를 틀어서 유릭을 응시했다.

"내 행동에 실수는 없다, 유릭. 내 행동은 하늘의 뜻이다."

"하늘을 속이는 사미칸의 입에서 나올 말은 아니지."

"내 행동에 하늘이 노했다면 내가 지금까지 살아 있을 리가 없지 않나?"

사미칸은 고개와 등을 꼿꼿하게 폈다. 옆에서 보자면 병색이 있는 사람 같지가 않았다. 사미칸이 약한 모습을 보이는 건 유릭과 단둘이 있을 때뿐이었다.

"사미칸, 지상에서 인간을 벌하는 건 신이나 하늘이 아니야. 인간의 머리를 쪼개는 건 언제나 다른 인간이지."

"인간의 행동이 곧 하늘의 뜻인 거다."

"난 그렇게 생각하지 않아. 언제나 내 행동은 내 것이다."

"대지의 가호를 받는 자가 그런 말을 하다간 전장에서 목숨이 위험할 거다, 유릭. 하핫."

사미칸이 가볍게 웃었다.

"내가 죽는다면 그건 내가 부족했기 때문이야. 사미칸, 넌 연맹을 세울 때는 하늘에게 의존하지 않았다. 자신의 힘과 눈만을 믿었지."

"그건 인간의 힘으로 가능한 일이었다. 이제 우리가 할 일은 대업이다. 하늘의 뜻과 힘을 빌리지 않고서는 할 수 없는 영역이지! 유릭, 내가 가슴에 화살을 맞고도 죽지 않은 게 단순히 우연이라고 생각하나?"

유릭은 말문이 막혔다.

기세를 잡은 사미칸이 유릭을 몰아붙였다.

"구르헨은 언젠가 내게 반기를 들었을 거다. 출정 전에 제거한 게 불안 요소를 없애는 일이었어. 너만큼은 나를 이해해야 된다. 유릭, 봐라! 이게 우리가 이룩한 업적이다! 우리의 군대지!"

사미칸이 뒤를 돌아보며 손을 힘껏 들어 올렸다.

1만이 넘는 대군이 소리를 질러댔다.

다시 한번 서부의 전사들이 집결했다. 이번이 마지막 기회였다. 이번에도 병력을 잃으면 서부의 인구로는 더 이상 보충이 힘들었다.

"우린 두 세계를 오간 공포이자 위대한 전사로 기록될 거다! 형제여!"

사미칸이 유력의 머리를 양손으로 잡으며 힘껏 눈을 부릅떴다. 사미칸의 입가에 걸친 미소가 위태로웠다.

북부전선은 뜨거운 비명으로 자욱했다. 신을 부르짖는 이들의 단말마가 하늘을 물들였다.

북부전사들은 더 이상 야만인이 아니었다. 그들은 문명세계와 다름없는 장비와 체제를 갖춘 군대였다. 심지어 그들을 이끄는 부대장들은 제국의 군사훈련을 받은 태양전사들이었다.

끼릭, 끼릭.

북부전사들이 성안에서 투석기와 대형쇠뇌를 장전했다. 성벽에 선 독립군의 태양전사들은 눈이 녹은 평원을 달려오는 제국군을 바라봤다.

"발-사!"

제국군이 자랑하는 거북이의 진조차 투석기와 대형화살을 막지 못했다. 성벽으로 접근하던 제국병사들이 살점과 피를 흘리며 나뒹굴었다.

"제기랄!"

제국군의 장교들이 욕설을 내뱉었다. 그들은 후퇴명령을 내리며 뒤로 빠졌다. 북부전사들은 제국군이 남긴 장비를 적절하게 사용했다.

북부전사들이 점거한 요새는 원래 제국군이 쓰려고 축성한지라, 문명세계에서도 손에 꼽힐 정도의 방어력이었다. 제때 방어병력을 배치 못 한 제국군은 요새들을 쉽게 뺏겼고, 상당히 불리한 위치에서 전쟁을 시작한 셈이었다.

제국군이 후퇴할 낌새를 보이자, 북부전사들이 성문을 열고 달려들었다.

"빌케르으으으-!!"

"태양 만세-!!"

괴기한 장면이었다. 태양을 부르짖는 북부전사들이 제국병사들을 갈기갈기 찢었다.

북부독립군의 선두에는 미요른의 후손이라 불리는 소년이 서 있었다. 벌써부터 북부의 왕이라 불리는 빌케르였다.

"등을 내보이고 도망가는 겁쟁이들에게 북부의 분노를 쏟아부어라! 북부의 어둠을 걷어낼 태양이 여기에 있도다! 태양을 찬양하라! 우리의 민족을 위해 싸워라!"

빌케르가 창을 앞으로 길게 뻗었다. 부러졌다가 붙은 팔은 더욱 단단했다.

빌케르는 어렸지만 모든 전사에게 인정받은 전사였다. 용맹

함부터 뛰어난 전투술까지 겸비한 소년이었다. 사리판단도 밝았으며 음흉하지도 않았다. 장차 북부의 왕으로 손색이 없는 소년이었다.

벌써부터 많은 씨족의 장들이 자신의 딸에게 속삭여 빌케르를 유혹할 정도였다. 빌케르는 그런 색욕에 넘어가지도 않았다. 북부의 용맹함을 갖췄으면서도 태양신자에게 필요한 덕망과 절제도 있었다.

'루께서 내린 완벽한 북부의 왕.' 북부인들은 빌케르를 보며 자기네들끼리 속삭였다.

전투에서 패한 제국군은 한참이나 후퇴해서 자리를 잡았다. 중상을 입은 병사들이 신음하며 루의 이름을 간절히 불렀다.

"더 이상 저들은 야만인이 아니다! 수도에서는 착각을 하고 있어!"

피투성이가 된 장교들이 씻지도 못한 채로 모여 목청을 높였다.

"우리와 마찬가지로 조직된 군대란 말이오! 최소한 두 개 군단이 필요하오! 이런 어중이떠중이로는 저들을 제압할 수 없소."

"폐하께 요청을 했소. 곧 답신이 올 거요."

태양전사단의 수장인 알프난이 말했다. 북부제국군은 현재 총사령관도 없이 장교들끼리 임의로 부대지휘권을 나눈 상태였다.

"애초에 태양전사들이 멋대로 반란군 쪽에 붙지만 않았다면……."

귀족들이 알프난을 탓했다.

알프난은 할 말이 없어서 입을 다물었다. 속이 터지는 건 자신도 마찬가지였다.

원래라면 알프난이 총사령관을 맡아야 하는 상황이었다. 하지만 태양전사단의 실책 때문에 알프난의 지위는 한없이 추락했다. 귀족들은 알프난의 지휘를 받지 않았다.

타닥, 타닥.

바깥에서 말발굽 소리가 났다. 지휘천막 근처에 말이 섰다는 건 전령이라는 뜻이었다. 알프난이 황급히 밖으로 나가 전령의 서신을 받았다. 그는 수도의 지원만을 간절히 기다리고 있었다.

"폐하께서 뭐라 하셨소?"

서신을 받은 알프난의 안색이 굳었다.

"서부의 약탈자들이 제국직할령을 침공했다고 하오. 당장은 증원이 힘들다고……."

"이대로 전선이 밀리면 북부독립군도 직할령까지 들이닥칠 겁니다! 우리보고 죽으라는 이야기요?"

지금 북부제국군에 합류한 귀족들은 제국북부의 영지를 가진 귀족들이었다. 그들이 합류한 것은 자신의 영지를 지키기 위한 것이기도 했다.

"닥치시오. 폐하의 명이오. 목숨을 걸고 사수하시오. 나 알프난이 총지휘관을 맡겠소."

"태양전사단이 배신했는데 당신이 무슨 자격으로……."

"내 비록 무능한 죄인이지만, 여기서 나 말고는 누가 지휘를 맡는다는 말이오? 루께 맹세컨대 내 목숨이 꺼지는 날까지 배신자와 야만인들과 싸우겠소."

알프난은 최악의 상황 속에서 빛을 봤다.

그가 서신을 곱게 접어 품에 넣으며 생각했다.

'여기서 북부군을 막고 승전으로 이끈다면 내 실책을 메꿀 수 있다.'

태양전사단장 알프난이 살아남을 방법은 어두컴컴한 죽음으로 스스로 뛰어들어 가는 수밖에 없었다.

'동포의 배신자라는 멍에까지 뒤집어쓰며 평생을 뛰어왔다. 여기서 모든 걸 잃을 순 없어.'

알프난이 이를 갈았다.

제국의 노장 카르니우스는 벽을 바라봤다. 가문의 보검이 걸려 있었다. 붉은 보석들과 사자 모양의 은장식이 칼집과 손잡이를 휘어 감고 있었다. 저것만 팔아도 저택 하나는 살 수 있을 터다.

"네게 물려주려고 했다, 리오."

이미 없는 아들이다. 아직도 그날이 기억에 맴돌았다.

야만인들이 정면으로 돌파하지 않을 거라 생각했다. 패잔병을 쫓아 죽이는 경험이 아들에게 득이 될 거라 카르니우스는 판단했다.

그러나 야만인들은 정면으로 활로를 열었다. 카르니우스의 아들은 야만인의 반격에 휘말려 죽었다. 다신 돌아오지 못한다.

자신의 오판으로 아들을 잃었다. 그 죄책감으로 마음 편히 잠에 들지 못했다. 눈을 감으면 아들의 얼굴이 아른아른 떠올랐다.

"루여, 그저 어리석은 제 욕심이었습니까?"

카르니우스가 태양 목걸이를 두 손으로 감쌌다. 그의 뺨은 앙상했다. 죽지 않을 정도로만 식사를 했다. 그마저도 죄책감이 들어 거르기 일쑤였다.

'제 뒤를 잇는 장군으로 아들을 키우고자 했습니다.'

리오는 그냥 아들이 아니었다. 카르니우스의 분신이나 다름없었다. 다음 카르니우스의 이름을 이어갈 분신.

"어째서 그 아이를 데려간 겁니까? 차라리 이 노구를 부르셨다면 기쁜 마음으로 갔을 겁니다. 한 점의 미련도 없이 당신의 곁에 서서 정화의 불꽃을 기다렸을 터."

평생을 루에게 감사하며 살았다. 하지만 리오의 죽음 이후에는 원망과 증오만이 가슴에 응어리졌다. 그러면서도 태양신을 원망한다는 죄의식이 그를 억눌렀다.

'모든 잘못은 나의 것이다. 그 누구도 원망할 게 없어.'

카르니우스가 이를 악물었다. 아무리 그렇게 생각해도 분노가 사라지지 않는다. 시커먼 감정이 그의 심장을 좀먹었다.

삐긱.

옷자락을 길게 끌며 카르니우스가 일어섰다. 움직일 때마다 관절에서 소리가 났다. 무관으로는 한계에 달한 나이다. 닳을 대로 닳은 몸뚱이는 곧잘 주인을 배신했다. 생각대로 몸이 움직이지 않았다.

복도로 나간 카르니우스가 방문을 두들겼다.

"부인."

대답은 없다. 어쩌다 부인과 눈을 마주쳐도 의례적인 인사만 하고 지나갔다. 남보다 못한 사이였다.

문안에서는 인기척이 있었다. 아들을 잃은 여인의 흐느끼는 소리가 들렸다. 카르니우스는 입술만 몇 번을 달싹였다.

"날 원망해서 마음이 조금이라도 편해진다면 얼마든지 미워하고 원망해도 좋소. 전부 나 때문이오. 나는 아들을 잃고 돌아온 멍청한 아비요. 당신은 항상 훌륭한 어머니이자 좋은 부인이었소."

카르니우스는 그리 말하곤 등을 돌렸다. 그는 자신의 집무

실로 들어갔다. 오랫동안 자리를 비운지라 먼지 냄새가 났다.

"페르젠 공, 당신은 진정한 기사이자 현자였소."

카르니우스가 의자에 앉았다. 그가 찬장에서 술을 꺼냈다. 한 잔은 자신이 마시고, 한 잔은 전설이 된 불멸의 기사에게 바쳤다.

카르니우스는 젊은 시절에 전설과 함께했다. 그는 페르젠을 질시하면서도 동경했다. 시간이 흐른 지금은 불타는 질투는 사라지고 아련한 동경만 남았다. 그와 동시대를 살아간 위대한 기사는 다른 사람과 확연히 달랐다. 신에게 축복받은 게 당연한 것처럼 비범했다.

언젠가 페르젠에게 왜 결혼하지 않느냐고 물은 적이 있었다.

"누가 뭐래도 우린 생명을 빼앗는 자들이지, 카르니우스. 아무리 부정해도 우린 매일매일 죄를 쌓고 살아가는 거야. 때론 무고한 자의 목숨도 빼앗지. 그게 우리가 해야 할 일이니까. 제국의 칼이 되어 피를 흘리는 삶. 루께서는 우리 같은 전사를 사랑하지 않으시네."

카르니우스는 그게 결혼과 무슨 상관이냐고 되물었다.

"내가 저지른 죄악은 내 영혼만으로 끝나지 않겠지. 내가 쌓은 저주와 불행은 내 핏줄까지 이어질 거야. 나는 자식을 갖지 않을 걸세."

페르젠의 신념은 확고했다. 그는 평생 결혼도 하지 않았고 자식도 없었다.

"당신이 옳았소. 내가 저지른 죄악이 내 아들마저 삼켰으니까 말이오."

카르니우스가 단숨에 술잔을 비웠다. 그는 해가 질 때까지 천천히 술을 마셨다.

"하아."

단내를 내뿜은 카르니우스가 펜을 들었다. 그는 양피지를 꺼내 무언가를 길게 적어 내려갔다.

"나처럼 더럽혀진 영혼은 루의 곁에 있을 자격이 없지."

그는 집무실 구석에서 밧줄을 꺼냈다. 천장 대들보에 밧줄을 걸치고는 밑으로 내려온 밧줄을 묶어서 원을 만들었다.

"후우우우우."

길게 심호흡을 했다. 밧줄의 결이 유독 거칠게 느껴졌다.

끼익.

잡아당겨 보니 튼튼했다.

카르니우스가 의자를 가져와 그 위에 섰다. 밧줄을 잡고 원 안에 목을 집어넣었다.

끼익.

의자가 흔들린다. 발끝만 가볍게 차면 모든 게 끝난다.

똑, 똑.

누군가 문을 두드렸다. 발걸음 소리로 봐선 하인이었다. 카르니우스는 길게 한숨을 쉬며 내려왔다.

"무슨 일이냐?"

"황제폐하의 명입니다. 입궁하시라는 전갈이 왔습니다."

카르니우스가 그 말을 듣더니 이마를 감싸며 웃었다. 메마른 목소리가 공허하게 흘러나왔다.

"루여, 아직 제게 사명이 남았단 말입니까."

카르니우스가 책상 옆에 있는 칼을 뽑아서 휘둘렀다. 대들보에 매달린 밧줄이 뎅겅 잘려 나가며 땅바닥에 떨어졌다.

황제 얀키누스는 다리를 꼬고 앉아 있었다. 그는 불편한 심기를 잔뜩 드러냈다. 들려오는 말이라곤 제국이 위태롭다는 이야기들뿐이었다.

'상황이 좋지 않군.'

생각대로 풀리는 일이 없었다. 서부의 약탈자는 제국직할령 안으로 들어왔고, 북부의 반역자는 자신의 깃발을 높게 치켜

들었다.

얀키누스는 심호흡을 했다. 흥분한다고 해결되는 일은 없다. 그는 자신이 할 수 있는 모든 조치를 떠올렸다.

'위대한 제국이 내 대에서 끊어질 순 없다.'

얀키누스는 선대 황제들의 업적을 떠올렸다. 강렬한 열망이 불안을 날려 버리고 그의 욕망을 사극했다.

'잠시의 위기일 뿐. 이번 위기만 넘기면 천년제국의 기반을 내가 세울 것이다.'

아직 제국의 위세는 여전했다. 선대의 남긴 유산은 절대권력과 강대한 군사력이다.

"나는 세상의 주인이다."

소리 내어 그리 말했다. 그는 손가락을 까딱였다. 곧 알현실의 문이 열리면서 흰머리가 성성한 기사가 들어왔다.

"초췌하군, 카르니우스."

"부르셨다고 들었습니다, 폐하."

카르니우스는 형식적인 인사를 집어치웠다. 깡마른 얼굴이지만 눈동자만큼은 늑대처럼 번들거렸다.

"우리 사이에 불화가 있다는 건 아네."

"불화랄 게 뭐가 있겠습니까? 폐하께선 세상의 주인이고 저는 신하일 뿐이죠."

카르니우스가 무릎을 꿇지 않았다. 그는 더 이상 두려울 게 없었다. 죽음조차 자연스러운 흐름에 불과했다. 당장 황제가 불경죄로 카르니우스의 목을 벤다 하더라도 기꺼이 목을 내밀 수 있을 것 같았다.

"경은 젊은 시절부터 제국을 수호하며, 부왕을 도와 야만인과 싸웠지."

"저만이 아니라 많은 기사가 그랬습니다. 폐하께서 땅을 뺏고 재산을 몰수했던 자들도 제국을 위해 피를 흘린 사람들입니다."

카르니우스는 노골적으로 말했다.

주변에는 입이 무거운 호위기사들만 있었다. 황제의 호위기사들은 귀와 눈이 없는 거나 마찬가지다.

얀키누스는 고개를 삐딱하게 기울이며 턱을 괴었다. 그는 입술을 비틀었다.

"이해를 바라진 않는다. 내 모든 행동은 제국을 위해서였다. 힘이 강한 공신들을 그대로 놔둔 왕들이 어떤 꼴을 당했는지는 역사가 증명하지. 제국의 안정은 황제의 절대권력에서 나오네. 카르니우스 경, 나는 제국을 안녕과 번영을 위해서는 무슨 짓이든 할 수 있어."

"비열한 변명입니다. 폐하께서 숙청한 사내들은 단지 제국을 지키고자 했던 순수한 무인들이었습니다. 자신의 야욕 때문에 제국이 쌓아온 부를 갉아먹고 있는 게 본인이라고 생각하진 않습니까?"

"확장 없이는 제국의 번영도 없지! 내가 하는 짓이 무의미하다고 생각하나? 선대가 쌓아온 부가 천년만년 갈 거라고 생각한다면 그거야말로 무지의 소산이지!"

얀키누스가 목청을 높였다. 그의 말은 틀린 것이 아니었다. 제국의 번영은 확장과 착취로 이뤄졌다. 처음에는 왕국을 점령해 전쟁배상금을 받았으며, 그 뒤에는 북부와 남부를 착취해 부를 쌓았다. 야만인 노예산업을 통해 많은 문명인이 노동의 굴레에서 벗어났다.

"여기에 대해 말씨름을 해봐야 서로의 골만 깊어질 뿐입니다. 저를 부른 목적이 있으실 겁니다. 설마 말싸움을 하자고 부른 건 아니겠죠."

"우리의 방식은 다르나 제국을 지키고자 하는 뜻은 같을 터다, 카르니우스 경."

"제 동료들이 그랬듯이 이 심장을 바칠 준비가 되었습니다."

"제국을 위협하는 적들이 다시 국경을 넘었네. 아무리 생각해도 지금 제국에는 경보다 유능한 지휘관은 없더군."

"과찬이십니다."

"황제가 아닌 제국을 위해 싸워주게. 군대의 전권을 위임하겠네."

오늘 알현 중 처음으로 카르니우스가 허리를 숙이며 예를 갖췄다.

"명을 받들겠습니다, 폐하."

Chapter 3

새벽의 서늘함이 사미칸의 가슴을 툭툭 두드렸다.

폐는 침묵하고 심장은 발작하듯 쿵쾅거렸다. 사미칸은 입을 벌리며 눈을 크게 떴다. 비명조차 지르지 못하고 가슴을 쥐어짰다.

"카악, 컥!"

사미칸은 천막 바깥으로 뛰쳐나가 신선한 공기를 마셨다. 천막 좌우에서 보초를 서던 전사들이 사미칸을 부축했다.

"대족장!"

"……난 괜찮다."

말과 달리 사미칸의 안색은 파랬다. 그는 숨을 겨우겨우 고르며 야영지를 쳐다봤다.

'내 군대다.'

1만이 넘는 전사가 제국의 영역에 침범했다. 제국의 국경수비대는 약탈자들에게 대항하지도 못하고 뿔뿔이 흩어졌다.

'난 위대한 존재로 남을 것이다.'

강렬한 욕망이 병마조차 날려 버렸다. 그는 눈을 부릅뜨고는 다시 천막 안으로 들어갔다.

사미칸은 포로로 잡은 태양 성직자를 불렀다. 성직자는 주술사처럼 의술에 대한 지식이 있었다. 부족의 주술사에게는 지겹도록 치료를 받아봤으나 효과가 크게 없었다. 사미칸은 다른 세계의 의술에 기대보기로 했다.

"내 몸이 어떤 것 같나?"

사미칸이 제법 유창해진 제국어로 말했다.

성직자의 손이 떨렸다. 그는 사미칸의 가슴에 있는 태양 목걸이를 보며 두려움을 삼켰다.

'루여, 이 잔학무도한 야만인으로부터 우릴 구원하소서.'

성직자는 사미칸의 가슴에 손을 올리곤 호흡의 흔들림을 느꼈다.

"심장박동이 불규칙하고, 숨을 쉬어도 한쪽 가슴은 부풀지 않습니다. 격하게 움직이는 건 힘들 겁니다. 계속 상태가 나빠지고 있었습니까? 그렇다면 좋은 신호는 아닙니다."

성직자는 때가 타서 회색빛이 된 옷자락을 흔들며 말했다.

사미칸은 그의 손을 세게 붙잡았다.

"그럼 나는 죽는 건가?"

"그건 루의 뜻에 달려 있겠죠."

"성직자, 나는 이 목걸이가 화살을 막아준 덕분에 살아 있어. 이건 신의 뜻이라고 생각하지 않나?"

성직자가 움찔했다. 어쩐지 태양 장식이 이상하게 찌그러져 있었다. 처음에는 야만인이 루를 모욕하기 위해 일부러 구긴 것으로 생각했다.

"루의 성물이 당신을 위해 화살을 막았다는 겁니까?"

"대신에 내 친구를 데려갔지. 내가 친구라고 부를 수 있는 유일한 사내를……. 자, 루의 뜻을 읽는 성직자여, 대답해 보게. 루는 도대체 내게 뭘 바라고 이런 짓을 한 거지?"

"병마에 시들어 죽는 게 루의 뜻일지도요. 당신이 저지른 짓의 죄를 받는 겁니다, 야만족의 수장."

성직자가 아랫입술을 꽉 깨물며 그리 말했다. 그 순간 사미칸의 손이 빠르게 움직였다.

촤악!

핏물이 바닥에 쏟아졌다. 사미칸의 도끼가 성직자의 가슴에 박혔다.

"끄르르륵."

성직자가 피거품을 물며 발발 떨었다. 그의 아랫도리에서는 참았던 대소변이 흘러나왔다.

"틀렸어, 성직자. 하늘과 신의 뜻을 읽는 능력이 나보다도 떨어지는군."

사미칸이 성직자의 머리를 밟으며 가슴에 박힌 도끼를 뽑았다. 상처가 크게 벌어지면서 출혈이 더 심해졌다. 벌어진 가슴에서는 벌떡이는 심장이 어렴풋이 보였다.

"이건 아직 내가 이 땅에 남아 할 일이 있다는 증거야. 이 사미칸이 신의 대리자로 선택받았다는 증거지! 이제야 알겠나?"

성직자는 사미칸의 말을 끝까지 듣지 못했다. 경련이 멈춘 시체가 천천히 식어갔다. 핏물의 온기만이 모락모락 솟아올랐다.

사미칸은 전사들을 불러 시체를 치우게 했다. 그는 한결 나아진 얼굴로 천막을 나갔다.

식욕이 돋은 그 날의 아침식사는 간만에 맛있었다.

'도시 하비론드.'

유릭은 저 멀리 보이는 성벽을 보며 게슴츠레하게 눈을 떴다. 정찰을 나온 그는 쪼그려 앉아 있다가 흐느적 일어섰다. 땅바닥에 침을 뱉은 유릭은 쓴웃음을 지었다.

'용병단 시절에 영주의 의뢰를 받고 도적을 퇴치한 적이 있

었지.'

아직도 생생한 기억이었다. 치안대장 세튼은 유릭을 무시하다가 나중에는 전사로 인정하고 호의로 대했다. 도적을 물리친 유릭과 용병들은 성대한 대접을 받았었다.

바위도끼 전사가 유릭의 팔을 두드렸다.

"유릭, 무슨 생각을 해?"

"옛날 생각."

"와본 적이 있어?"

"동쪽 성벽이 낮고 약해. 그쪽으로 돌입하면 어렵지 않게 성을 넘을 수 있을 거다."

유릭은 어렴풋한 기억을 더듬었다. 희미한 기억만으로도 도시의 구조가 머릿속에 떠올랐다. 그는 한 번 본 것을 쉽게 잊지 않는다.

'과연 나를 아는 사람이 몇이나 저기에 있을까.'

유릭은 뒤돌아서며 가죽망토로 몸을 가렸다. 언덕 아래로 걸어 내려가자 주둔 중인 연맹군이 있었다. 선발로 온 삼천여 명의 부대였다.

"우린 서쪽 성벽으로 돌아간다. 아르마타! 너는 여기서 대기했다가 사미칸의 본대가 도착하면 동쪽을 동시에 치라고 말해둬."

"알겠습니다, 유릭."

유릭은 능숙하게 명령을 내리며 전사들을 이끌었다. 전사들은 언덕 능선 아래를 타고 하비론드의 서쪽으로 달려갔다.

규모가 큰 상업도시인지라 새벽인데도 오가는 사람이 있었다. 전사들은 만나는 사람마다 활로 쏴서 죽였다.

"끼, 아악!"

마차를 끌고 나왔던 상인이 비명을 질렀다. 마차 뒤에서는 일가족이 우르르 나왔다. 그들은 야만인을 보며 벌벌 떨었다.

푹.

전사들은 무미건조한 눈동자로 날붙이를 휘둘렀다. 아녀자조차 예외는 아니었다. 그들이 지나간 자리에는 서늘한 시체만 남았다.

유릭의 부대는 순식간에 도시의 서쪽을 점거했다. 문명인 용병들은 공성병기를 조립했고, 전사들은 사다리를 여럿이서 짊어지며 달릴 준비를 했다.

삐이이익!

효시가 사방에서 터져 나왔다. 도시의 성벽 위에서 꾸벅꾸벅 졸던 경비들은 이제야 적들이 자신들을 포위했다는 걸 알았다.

"세튼 대장님! 치안대장님!"

도시의 병사가 치안대장 세튼을 불렀다. 세튼은 허겁지겁 갑옷을 챙겨입고는 위병소 바깥으로 나왔다.

"제기랄! 저놈들이 소문만 무성하던 약탈자들인가!"

"이미 공격이 시작됐습니다!"

"자리를 사수해라! 적은 야만인이다! 우리의 성벽을 넘지 못한다!"

세튼이 성벽 위로 올라서며 말했다.

"빌어먹을!"

성벽 위에서 시야를 확보한 세튼이 바로 욕설을 내뱉었다.

야만인들은 세튼의 생각과 전혀 다른 부류의 군대였다. 서부의 약탈자들은 문명세계의 정규군만큼이나 다양한 장비를 사용했다. 특히나 문명인 용병들 중에서는 목수나 공병처럼 전문적인 공성병기를 만지던 부류도 있었다.

타닥!

세튼 앞에 사다리가 걸렸다.

"어림도 없다! 야만인들아! 퉷!"

세튼은 발로 사다리를 밀며 창으로 올라오는 야만인을 찔렀다.

'맙소사, 정말로 제국의 중심까지 쳐들어올 생각인가?'

지난 오십여 년간 제국의 심장은 적의 침입을 허용한 적이 없었다. 북부의 미요른조차 국경선을 조금 넘었을 뿐이었다.

"서쪽입니다! 세튼 대장! 서쪽이 무너지고 있습니다."

세튼은 헐레벌떡 뛰어서 서쪽 성벽으로 이동했다. 이미 성벽 위로 야만인들이 올라오고 있었다. 치안부대 따위로 야만 전사를 막을 순 없었다.

"세튼 경! 영주님의 전갈이오! 백기를 드시오! 항복이오!"

말을 탄 전령이 크게 외쳤다.

랑케가트 왕국을 통째로 갈아버린 서부의 약탈자들이다. 일개 도시가 막는다는 건 처음부터 불가능한 일이었다.

"피해가 더 커지기 전에 항복하라고 하셨소! 세튼 경!"

전령이 소리를 더 크게 질렀다. 세튼이 야만인들을 바라보며 부들부들 떨었다. 지금도 병사들이 죽어 나가고 있었다.

"우리의 도시가 야만인들에게 굴복해야 한단 말인가!"

세튼이 충혈된 눈으로 입술을 꽉 깨물었다. 피눈물이라도 흘릴 기세였다. 하지만 그는 하비론드 백작의 명에 따라 백기를 잡아서 흔들었다.

데- 엥! 데엥!

병사들이 종을 쳤다. 항복신호를 들은 병사들이 무기를 버리며 엎드렸다. 도시의 성문은 너무나도 쉽게 열려 야만인의 침입을 허용했다.

저벅, 저벅.

무장한 약탈자들이 안으로 들어왔다. 무기를 걸친 그들은 피범벅이 된 얼굴로 도시를 둘러봤다. 시민들은 모두 집 안으로 들어가 벌벌 떨기만 했다.

병사들은 무기를 버린 채로 무방비하게 처분을 기다렸다.

"아?"

치안대장 세튼은 야만인들의 선두에 있는 한 사내를 바라 봤다. 어쩐지 익숙한 얼굴이었다.

"유리이이이익!"

세튼이 비명을 지르듯 외쳤다. 그가 벌떡 일어나자 사방에서 부족전사들의 창날이 튀어나왔다. 세튼이 조금이라도 허튼짓을 하면 목을 찌를 터였다.

"이야, 이거 오랜 친구로군. 창을 치워, 이 자식들아!"

유릭이 피가 묻은 도끼를 휘휘 털어내며 세튼 앞으로 걸어왔다.

"유릭이 맞군! 유릭! 이 개자식-!! 네가 감히 하비론드를 공격한 거냐! 하비론드를!"

세튼이 발작했다. 그는 유릭에게 좋은 감정이 있었다. 유릭은 세튼이 보기에도 훌륭한 전사였다. 하지만 지금은 도시를 부순 약탈자일 뿐이었다.

호의가 있었기에 배신감은 더 컸다.

콰직!

유릭이 세튼의 머리를 걷어차며 가슴을 발로 짓밟았다.

키잉.

유릭의 칼날이 세튼의 눈앞에서 멈췄다. 칼날이 안구를 후빌 듯이 흔들렸다.

"우리가 왜 싸우냐고 묻고 싶거든 그 잘난 황제에게 따져, 세튼. 네가 하비론드의 백성을 지키듯이 나도 내 형제와 동포들을 지킬 뿐이야. 빠르게 항복한 건 잘한 짓이다. 덕분에 피해는 크지 않을 거야."

"항복은 내 뜻이 아니라 영주님의 뜻이다."

"그래, 그 양반은 예전부터 똑똑했지. 세튼, 네 주인의 현명한 판단 덕분에 하비론드는 지도에서 지워지지 않았어."

세튼의 손가락이 파르르 떨렸다. 유릭이 천천히 세튼의 가슴팍에서 발을 뗐다.

내성에서 나온 하비론드 백작은 사미칸과 유릭 앞에서 무릎을 꿇었다. 그는 제대로 싸우지도 않고 항복한 겁쟁이로 기록될지도 모른다.

하비론드는 창고의 열쇠를 사미칸에게 넘겼다. 도시의 모든 창고가 열렸다. 전사들은 남김없이 도시의 전부를 약탈했다.

"도시의 시민만큼은 건드리지 말아주시오, 유릭."

하비론드 백작이 유릭을 알아보곤 말했다. 그는 세튼과 달리 유릭을 원망하는 말은 하지 않았다. 그는 자신의 위치에서 할 수 있는 일을 했다.

"최대한 힘써보지. 오늘 당신이 보여준 비굴함이 진정한 용기다."

유릭은 하비론드 백작의 판단에 존경을 표했다. 그는 그 어떤 체면보다 도시의 안위를 우선시했다. 항복이 조금만 늦었어도 전투의 열기에 휩싸인 전사들이 도시 전체를 부쉈을 터다.

저항이 적었기에 필요 이상의 약탈도 줄었다. 사미칸은 다른 부족장에게 겁탈과 민가 습격을 자제하라고 통보했다.

'사미칸이 내 말을 들어주고 있다. 그토록 바라던 건데 기이한 느낌이로군.'

사미칸은 유릭의 체면과 인연을 생각해서 하비론드를 최대한 온전하게 보존했다. 물론 은식기나 보석 따위의 귀중품과 파종기에 먹고 버틸 식량까지 바득바득 긁어갔다. 모든 걸 잃은 하비론드는 힘든 시기를 보낼 터다.

"약탈자들에게 협조하시오! 도시민들이여!"

하비론드 백작이 그리 외쳤다. 사람들은 자신의 집을 비우고 약탈자들이 머물 처소로 내놓았다. 1만의 군대가 먹어치우는 음식의 양도 보통이 아니었다. 아무리 자제한다 해도 눈에 띄는 여인들은 곧잘 전사들에게 붙잡혀 헛간으로 들어갔다.

"적당히 하고 보내줘. 저들은 피를 보지 않기 위해 순순히 항복했다. 피를 본다면 다시 들고 일어설 거야."

유릭이 바지를 벗으며 헛간으로 들어가는 전사들을 보곤 말했다.

"뭐가 문제야? 놈들이 덤비면 다 죽여 버리면 되지."

부족전사가 낄낄 웃으며 별거 아니라는 듯이 대답했다.

휘릭!

유릭이 도끼를 던져서 헛간의 기둥을 맞혔다.

"두 번 말하지 않아. 기억해라."

전사는 그제야 웃음을 감추며 고개를 끄덕였다. 그들은 여자의 입에 옷자락을 물리곤 그간의 성욕을 풀었다.

스륵.

딸과 어린 처녀가 끌려갈 바에 자진해서 몸을 바치는 여성들도 있었다.

'희생인가.'

유릭은 전사들에게 몸을 던지는 여인들을 바라봤다. 누군가는 창녀였고, 어떤 이는 누군가의 어미이자 부인이기도 했다. 싸우지도 못하는 약해빠진 여인들이 자신보다 더 어린 소녀들을 지키기 위해 몸을 축냈다.

개운한 표정으로 헛간에서 나오는 전사가 많아졌다. 석양이 저물어갔다.

여인들은 전사들에게 밤새 시달리다 돌아갔다. 그녀들은 비틀거리면서도 서로를 부축했다. 더럽혀진 몸인데도 피부에서 빛이 나는 듯했다.

'후광?'

유릭은 눈을 비비곤 다시 여인들을 바라봤다. 그저 단순한 횃불과 달빛의 움직임이었을 뿐이다.

"유릭, 거기서 뭐 해? 여기 와서 구경이나 하지? 재밌는 놈이 있어."

젊은 전사가 유릭을 불렀다. 오히려 나이가 많은 전사들이 대개 유릭에게 반존칭이나 존칭을 하곤 했다. 유릭 또래의 전사들은 친근하게 굴었다.

"뭐가 재밌는데?"

유릭이 모닥불 앞에서 고기를 굽다가 일어섰다. 그는 반쯤 구워진 닭 한 마리를 통째로 들고는 살점을 간식처럼 뜯어 먹었다.

"태양 그림이 박힌 옷을 입은 병신 하나가 오더니 우리를 치료하겠다면서 나섰거든."

"성직자 말이야? 뭐, 자비와 사랑을 그 양반들이 맨날 말하곤 하지."

"그런데 치료를 받은 놈이 죽었어. 어차피 살리지도 못할 부상이었어. 근데 한 명을 자기 손으로 보내고도 다른 사람을 계속 치료하겠다면 나대더라고. 그래서 지금 본때를 보여주고 있지."

유릭이 전사들이 모여 있는 광장으로 갔다. 전사들이 활을 들고 서성였다. 아마도 사람을 두고 활쏘기 내기를 하는 모양이었다.

"어이, 움직이면 맞을지도 몰라! 어차피 우리말을 모르겠지만!"

대머리가 두드러지는 전사가 그리 말하며 화살을 쐈다. 곧바로 날아간 화살이 나무판자에 꽂혔다. 판자 앞에는 벌벌 떨며 서 있는 성직자가 하나 있었다.

"제가 살릴 수 있는 사람이 있습니다. 제게 기회를 주십쇼."

성직자는 억지로 목소리를 짜내며 외쳤다.

"뭐라는 거야?"

"자기가 살리겠다는데?"

"아까 치료를 받은 부케르는 죽었잖아. 분명 우리한테 저주를 뿌리려고 온 서라고. 망할 태양 수술사 새끼!"

대머리 전사가 욕설을 내뱉으며 화살을 다시 쐈다. 이번에는 화살이 성직자의 팔에 맞았으나, 화살은 허무하게 소맷자락을 통과했다.

"뭐야? 팔에 맞은 줄 알았는데? 외팔이였어?"

성직자의 오른쪽 소매가 펄럭였다. 팔이 있어야 할 자리가 공허했다.

눈을 껌뻑이던 대머리 전사가 술병을 들어서 거하게 마셔댔다. 취기가 두피까지 벌겋게 올랐다. 그는 활시위를 다시 당겼다. 아무리 활쏘기에 능한 전사라도 저리 취하면 실수를 한다.

성직자는 사색이 된 표정으로 뭐라 기도했다. 그러다가 두 눈을 크게 뜨고는 대머리 전사의 뒤를 바라봤다. 마치 구원자라도 본 듯한 얼굴이었다.

빠득.

누군가가 전사의 머리를 만졌다. 대머리 전사는 두개골이 부서지는 듯한 통증을 느끼며 단도를 꺼내 뒤로 휘둘렀다. 취한 가운데서도 정확히 머리를 노리는 날카로운 반격이었다.

푹!

대머리의 단도가 푹신한 살을 파고들었으나, 사람을 찌르는 감촉이 아니었다.

"이봐, 내 닭고기가 그리 탐났어?"

유릭이 닭고기를 들어서 단도를 막았다. 얼굴을 가린 닭고기를 옆으로 치우자 사나운 미소가 드러났다.

"유, 유릭!"

"그렇게 좋으면 입이 찢어지도록 먹으라고."

유릭이 닭 한 마리를 통째로 전사의 입안에 구겨 넣었다. 어마어마한 악력에 닭고기 살과 뼈가 부스러지고 쪼개지면서 전사의 입안에 꾸역꾸역 들어갔다. 전사는 눈물콧물 흘리며 몸을 파르르 떨었다. 입가도 옆으로 찢어져서 피가 흘러나왔다.

"끄으읍, 읍."

"얼른 꺼져. 저 태양 주술사는 내 손님이다."

유릭이 대머리 전사의 엉덩이를 걷어차고는 성직자를 바라봤다. 외팔이 성직자의 얼굴은 낯익었다.

"오랜만이군, 고트발."

유릭이 먼저 인사를 건넸다.

고트발은 과거에 유릭을 대신해 뱀에게 물린 성직자였다. 다행히 목숨은 건졌지만 오른팔을 잃었다.

유릭이 직접 고트발의 오른팔을 잘랐었다. 그 감촉이 손끝에서 되살아나는 듯했다.

"다시 만날 줄은 몰랐습니다, 유릭."

고트발이 휘청거리며 걸어왔다.

유릭은 고트발을 집 안으로 데려왔다. 유릭이 들어가자 먼저 와 있던 전사늘이 자리를 비키며 다른 곳으로 흩어졌다.

깡.

유릭은 탁자에 있는 식기를 대충 손으로 훑어서 옆으로 걷어냈다. 그 위로는 가져온 음식과 술을 내놓았다.

"비명이 도시를 가득 채웠습니다, 유릭."

고트발은 물을 마시며 말했다. 그의 얼굴과 옷은 지저분했다. 하루 종일 도시 여기저기를 다닌 모양이었다.

"어쩔 수 없었어. 이건 전쟁이잖아. 내가 아는 곳이라고 봐주고말고 하는 것도 이상하잖아? 안 그래? 난 최선을 다했어. 치안대장 세튼도 죽이지 않았고, 여기 영주가 빠르게 항복한 만큼 피해를 줄이려고 노력했지."

유릭이 술잔을 들며 말했다.

"그렇게 변명조로 말한다는 것 자체가 본인의 행동에 죄책감을 느끼고 있다는 겁니다."

"하, 헛소리 집어치워. 너는 내 덕분에 목숨을 건진 거라고, 고트발. 내가 아니었으면 최소 반병신이었을걸?"

"그러게 말입니다. 정말로 제 팔을 쏘더군요. 팔이 안 달려 있어서 다행이었습니다."

고트발이 오른쪽 소매를 펄럭이며 말했다. 유릭이 이맛살을 찌푸렸다.

"농담이라면 재미없어. 우린 오래 머물지 않을 거야. 그동안 내 보호 아래에 있어. 괜히 나대다가 칼이라도 맞지 말고."

"바깥에는 부상자가 많습니다. 제가 도움이 될 겁니다."

"우리 전사들은 네 치료를 받지 않을 거야. 우리도 성직자 같은 치료사가 있어. 애초에 우리는 침략자야. 네 도움을 받을 이유는 없지."

"저는 제가 배운 대로 실천할 뿐입니다."

"패자 주제에 우리를 치료하고 보살펴? 아량과 자비는 승자 의 권리다. 패배한 측은 그저 입 다물고 기다리는 거야. 말로 안 된다면 힘으로라도 가르쳐 주지. 내 명령 한마디면 우리가 떠날 때까지 넌 이 집에서 한 발자국도 나가지 못할 거다."

유릭은 이를 드러내며 말했다. 고트발이 입을 다물었다.

"고트발, 넌 내 목숨을 구한 사내지. 난 빚이나 은혜를 잊는 사람이 아니야. 내 눈앞에서 그 누구도 너를 해치지 못할 거 다. 그러니까 얌전히 있어."

유릭이 그리 말하고는 일어섰다. 고트발은 유릭을 바라보다 가 눈썹을 꿈틀했다.

"태양 목걸이가 없군요."

"관뒀어. 네가 말한 자비와 사랑은 전사에게 맞지 않아. 위대한 전사에겐 필요 없는 것이지."

검귀 페르젠조차 루를 등지고 울가로를 바라봤다. 유릭은 그런 페르젠을 이해했다. 루의 가르침은 전사의 삶과 동떨어져 있었다.

"신은 버리고말고 할 수 있는 게 아닙니다, 유릭. 자식이 부모를 선택할 수 없는 것처럼요."

"나는 애비 애미 없이 자란 새끼라서 그런 거 몰라."

"당신이 루를 버렸다고 생각해도, 루께서는 당신을 보고 있을 겁니다. 신이란 그런 겁니다."

"오늘 설교는 여기까지다, 성직자 나리."

유릭은 끝까지 듣지도 않고 밖으로 나갔다.

혼자 남은 고트발은 두 손을 모아 낮게 기도했다.

"루여, 우리 모두를 용서하소서."

도시를 점령하고 이틀이 지났다. 전사들은 죽은 동포를 근처 숲에 버리고 왔다. 조장은 서부의 전통적인 장례풍습이었다.

"동물들이 시체를 먹게 하다니, 저렇게 야만적일 수가……."

"쉿, 조용히 해."

문명인들이 시체를 나르는 전사들을 보며 중얼거렸다. 도시에는 불안과 공포가 가득했다.

뚜벅, 뚜벅.

사미칸은 내성 안으로 들어갔다. 복도에 가지런히 놓인 장식품과 조각상은 대단한 수준이었다. 사람과 거의 똑같이 생긴 석상은 언제 봐도 놀라웠다. 문명세계의 장인들은 서부인 입장에서 기묘한 마술을 부리는 존재였다.

'생존만이 아니라, 그 이상의 무언가를 추구하는 것.'

사미칸이 석상을 매만지며 바라봤다. 일평생 조각상만 만든 장인의 솜씨일 터다. 생존에 급급한 야만세계에서는 결코 쌓을 수 없는 기술이다.

뚜벅.

사미칸은 더 안쪽으로 들어갔다. 영주와 신하들이 있어야 할 넓은 집회장이 나왔다. 텅 빈 집회장 끝에는 영주의 의자가 있었다.

삐걱.

사미칸이 등을 기대며 의자에 앉았다. 계단이 일곱 칸이나 더 높아서 남들을 내려다보는 자리였다.

눈을 감았다. 천천히 다시 뜬다.

'나 사미칸은 무엇을 해냈는가?'

손가락을 까딱거리며 의자의 팔걸이를 가볍게 두드렸다.

서부를 통합해 전사들을 이끌고 산맥을 넘었다. 이제는 문명세계의 절대자로 군림하던 제국에 도전하고 있었다.

"거대한 벽이로군. 만만찮은 상대야."

사미칸의 흐릿한 눈동자가 제국이라는 벽을 보고 있었다. 굉장히 견고하고 높은 벽이었다. 한 번 그 벽을 세게 누들겨 부쉈지만, 벽 뒤에는 또 다른 벽이 있었다.

'내 인생을 걸고 넘어뜨릴 가치가 있는 적이다.'

마치 이 업적을 위해 평생을 살아온 듯했다.

두근.

사미칸은 흥분을 가라앉혔다. 흉통이 도지면서 지끈지끈거렸다.

"카악."

그는 짧게 비명을 지르며 구부정하게 상체를 숙였다. 고통이 어찌나 심한지 온몸이 떨려왔다.

통증이 멎을 때까지 사미칸은 이를 악물었다. 병세는 점점 심해졌다.

'낫지 않을 병이다.'

그 누구보다 사미칸이 더 잘 알았다. 죽음이 가까이 왔다.

'내게 주어진 시간이 얼마나 되는지 알 수 있으면 좋으련만.'

어쩌면 몇 년을 더 살지도 모른다. 그러나 그런 요행을 바라고 살 순 없었다.

'내일조차 장담할 수 없는 몸이다.'

사미칸이 식은땀을 줄줄 흘렸다. 통증이 겨우 멎었다. 참고 있었던 숨을 그제야 내뱉었다.

'내 목숨이 다하기 전에 제국을 친다.'

입꼬리가 들썩이다가 찢어져라 올라갔다.

"내 몸은 죽어도 사미칸은 불멸의 존재가 된다."

남자라면 한 번쯤 꿈꾼다, 영원히 남을 업적을.

그렇게 위대한 자가 되길 갈구한다.

Chapter 4

하비론드 성의 집회장에서 부족회의가 열렸다. 차가운 돌바닥을 울리는 발소리가 늘어만 갔다. 어느새 집회장은 전사들로 가득했다. 하지만 발언권을 가진 자는 많지 않았다.

"북쪽으로 진군해서 놈들의 수도를 친다."

사미칸이 여러 부족장 앞에서 말했다. 그가 지도를 펼치더니 현재 위치에서 제국의 수도 하멜까지 손가락으로 가리켰다.

"오오오, 드디어!"

"결단을 내렸구려, 대족장."

들뜬 목소리가 사미칸을 지지했다.

하지만 유릭은 이맛살을 찌푸리며 사미칸을 쳐다봤다. 그가 일어서서 지도를 가리켰다.

"아직은 일러. 우린 남쪽으로 간다. 마르가뉴라고 곡창지대가 있어. 여길 약탈하면 오래 버틸 수 있을 거야. 우리가 제국령을 돌아다니면서 시간을 버는 것 자체가 제국에게는 큰 골칫덩어리지. 우리의 존재만으로 제국은 약해질 거다."

유릭의 말에 사미칸은 고개를 저었다.

"그사이에 제국군이 집결할 시간만 벌어주는 거겠지. 놈들의 힘이 결집하기 전에 심장부를 치면 돼. 우린 강하다! 우리 형제들은 최고의 전사들이지! 누가 감히 우리와 대적한단 말인가!"

사미칸이 소리를 높여 사기를 돋웠다.

"제국군 본대와 또 마주치면 정면으로는 승산이 없어. 이미한 번 뼈저리게 경험했잖아."

"한 번 졌다고 겁을 먹은 건가? 유릭? 지금 대지의 아들이싸움이 두려워 뒤로 내빼겠다고 말한 건가? 내 귀가 잘못된거라면 좋겠군."

사미칸이 빈정거렸다. 지금까지 유릭에게 협조적이던 태도와는 달랐다.

"우린 남부로 가야 한다, 사미칸."

"내 생각은 달라. 제국군이 북부와 싸우고 있을 때, 총공세를 펼쳐야 해. 지금이 절호의 기회다."

유릭과 사미칸의 의견이 충돌했다.

두 사람의 대립이 심해지자 부족장들도 입을 다물었다. 자첫 줄을 잘못 섰다가는 나중에 어떤 꼴을 당할지 모른다.

"유릭, 넌 이 도시에 아는 사람이 많았지. 성직자 하나도 구해줬다고 들었다. 우리가 이 도시를 약탈하는 게 마음에 들지 않았을 거야. 마음이 약해지기라도 한 건가?"

"헛소리 집어치워."

"그럼 증명해라. 네가 우리의 편이라는 걸."

사미칸이 갑자기 손가락을 튕겼다.

질질질.

전사들이 좌우로 길을 열었다. 얼굴을 파랗게 화장한 푸른 안개 전사들이 외팔이 성직자를 끌고 나왔다.

"쿨럭."

고트발이 피가 섞인 기침을 했다. 단정했던 얼굴은 퉁퉁 부어 있었다. 그는 눈을 깜빡이며 유릭을 바라봤다. 살려달라는 말 따윈 하지도 않았다.

유릭은 고트발을 물끄러미 보다가 자신의 얼굴을 양손으로 감싸며 쓸어내렸다.

'역시 사미칸이로군.'

유릭은 내심 사미칸의 총기가 둔해진다고 생각했다. 하지만 날카로운 정치 감각은 여전했다.

'수도로 진군하는 걸 내가 반대할 거라 이미 예상한 거다. 그래서 고트발을 끌고 온 거지. 사미칸은 내 성격을 잘 아는

놈이니까.'

유릭은 고트발을 보호하라고 전사들에게 명했다. 하지만 그 명령을 무시하고 고트발을 끌고 올 수 있는 존재가 연맹에 있었다.

'이거 한 방 먹었군.'

헛웃음이 복구멍까지 나왔다. 사미칸은 여진히 유릭을 지켜보고 있었다. 유릭의 행동 하나하나를 자신의 손바닥 위에 뒀다.

"당장 저 사내에게서 손을 떼라, 죽여 버리기 전에."

유릭이 전사들에게 말했다. 무게감이 가득한 말이었다. 푸른안개 전사들이 움찔하며 사미칸의 눈치를 살폈다.

사미칸이 고개를 끄덕이자, 전사들이 고트발을 풀어줬다.

"저 문명인이 우리 형제보다 소중한 건가? 너는 문명인을 측근으로 많이 두고 있지. 우리 형제들보다 더 신뢰하는 것 같더군."

사미칸의 말에 전사들의 눈초리가 매서워졌다. 실제로도 유릭은 하발드나 게오르크처럼 서부인이 아닌 존재를 측근으로 데리고 다녔다.

"너도 노아 아르텐을 측근으로 쓰고 있었지. 날 탓할 건 아닐 텐데?"

"노아는 예외다. 노아는 연맹이 만들어지기 전부터 우리와 함께했다. 형제와 다름없는 존재지."

"흥, 말은 잘하는군."

유릭이 코웃음을 쳤다. 그는 고트발을 부축해서 일으켜 세웠다.

"역시 너한테는 저 문명인이 더 소중한가 보지?"

사미칸의 말에 전사들이 술렁였다. 많은 전사가 회의를 지켜보고 있었다. 부족회의는 부족장들이 경쟁하는 자리이자 서로의 영향력을 확인하는 자리다.

"이 문명인 고트발은 내 목숨을 구한 사내다. 몰랐을 테니 이번만큼은 넘어가 주지. 하지만 다음은 없다. 다들 똑똑히 들었을 거라 믿는다. 너희들도……."

유릭이 고트발을 끌고 온 푸른안개 전사들을 바라봤다. 유릭의 살의에 짓눌린 전사들은 절로 손을 무기에 가져가 댔다.

유릭은 고트발을 부축한 채로 부족회의를 나갔다. 유릭이 없으니 회의의 주도권은 사미칸에게 완전히 넘어갔다. 수도로 진군하자는 사미칸에게 반대의견을 낼 만한 사람은 없었다.

유릭은 성안의 아무 방이나 들어가서 고트발을 눕혔다. 고트발은 스스로 자신의 상처를 닦고 치료했다.

"내 실책이다. 사미칸이 보고 있다는 걸 몰랐어."

고트발을 보호하겠다고 선언한 지 이틀도 지나지 않았다. 유릭의 보호 아래에 있던 고트발이 크게 다쳤다. 유릭의 위신이 크게 구겨진 셈이다.

"저는 괜찮습니다. 얼굴만 부었지 큰 부상은 없습니다. 아마

저들도 당신의 화를 크게 돋우고 싶어 하진 않았던 것 같습니다. 당신을 두려워하는 게 느껴지더군요."

고트발이 찬물에 적신 수건으로 얼굴을 식혔다. 상처를 깨끗하게 한 그는 연고를 꺼내 상처에 발랐다.

"내가 봤을 때, 루는 형편없는 신이야. 너같이 독실한 신자는 고통받게 내버려 두면서 사미간 같은 놈의 목숨은 구했지."

"신의 뜻을 인간의 눈높이로 읽어선 안 됩니다. 루가 그러했다면 분명 이유가 있는 거겠죠. 제 고통에도 말입니다."

"네 고통에도 이유가 있다고? 개소리로군. 고통은 그저 고통일 뿐이야. 그리고 고통은 나쁜 거지. 아픈 걸 좋아한다면 그건 머리가 맛이 간 또라이들이라고."

고트발은 그저 웃을 뿐이었다.

"저 때문에 오히려 일이 잘 풀리지 않은 것 같더군요. 무슨 말을 하는지는 잘 모르겠지만요."

"신경 쓸 거 없어. 네가 아니라도 어차피 이렇게 됐을 거야. 정치에서 놈을 이긴 적은 한 번도 없으니까."

유릭이 의자에 앉아서 머리를 뒤로 젖혔다. 그는 뻐근한 목근육을 풀면서 말을 이었다.

"하지만 이번에는 그냥 넘어가지 않을 거야."

"제 복수라면 괜찮습니다. 저는 아무렇지도 않으니까요."

고트발이 유릭을 말렸다. 유릭이 고개를 옆으로 기울이며 웃었다.

"병신아, 너 때문에 그러는 거 아니야. 네가 무슨 끝내주는 미녀도 아니고, 남자 새끼가 좀 맞았다고 내가 이를 갈 것 같아? 이건 모두 내 형제들을 위해서다. 이대로 진군했다간 모두 뒈질 테니까."

헛다리를 짚은 고트발이 어색하게 웃었다.

유릭은 머리를 식힐 겸 눈을 감았다. 어둠의 끄트머리에서 환상이 보인다. 황량한 시체의 언덕에서 까마귀들이 포식을 벌이고 있었다. 반쯤 썩은 눈알에서 진액이 흘러내렸고, 활짝 열린 뱃가죽에서는 내장 대신에 구더기가 들끓었다.

유릭이 옅은 잠에서 깨어났다. 그는 길게 하품을 하고는 의자에서 일어났다. 바깥에서는 사미칸의 감시자들이 서성이는 소리가 들렸다.

'사미칸도 지금 제국군과 정면 승부하는 것보다 시간을 끄는 게 낫다는 걸 알 거다. 단기전은 제국이 바라는 바지.'

유릭은 생각을 정리했다.

'사마칸은 자신에게 남은 시간이 얼마 없다고 판단한 거로군. 무리를 하더라도 자신이 살아 있을 때 승부를 봐야 한다고 생각하고 있어.'

유릭은 쓴웃음을 지었다.

"그건 너무나 어리석은 짓이다, 사미칸. 형제들은 네 야망의

도구가 아니야."

유릭은 조용히 창밖으로 뛰어내려 사미칸의 감시자들을 따돌렸다.

직각으로 솟은 성벽조차 맨몸으로 타고 내려가는 유릭이었다. 예전에 올랐던 괴이한 절벽과 성벽들에 비하면 식은 죽 먹기였다. 그는 손쉽게 성에서 나와 단독으로 움직였다.

육손이는 자신의 여섯 손가락을 바라봤다. 푸른안개 부족에서는 여섯 손가락이 태어나면 주술사로 삼았다. 실제로도 푸른안개 부족 내부에서는 여섯 손가락을 가진 아이가 세대마다 한둘씩 태어나곤 했다. 마치 하늘이 내려준 것처럼.

으득.

육손이가 검은 이를 빠득 물었다. 자신의 여섯 손가락을 보며 칼을 들었다.

"큭, 큭큭."

육손이의 웃음에 촛불이 흔들렸다.

'몇 번이나 잘라 버리고 싶었지. 빌어먹을 손가락.'

태어날 때부터 운명이 정해졌다. 어린 나이에 괴팍한 노인네들에게 끌려가 온갖 비술을 배웠다. 구역질이 나올 것 같은 약초를 억지로 먹으며 그 맛과 이름, 효과를 외웠다. 지린내가 진동하는 짐승의 내장을 헤집으면 며칠은 그 냄새가 온몸에 맴돌았다.

'몇 번이나 도망갔지만 다시 잡혀 왔지. 밤새 두들겨 맞고 거꾸로 매달리기도 했어.'

주술사의 길은 결코 쉽지 않았다. 전사들처럼 전장에 나가 죽진 않아도, 주술사의 위계질서와 도제교육는 충분히 악독했다.

'정신이 들어보니 난 부족의 제사장이 되어 있었지.'

하지만 육손이에겐 자유란 없었다. 그와 동시대에 부족장에 오른 사미칸은 괴물 같은 인간이었다. 제사장과 부족장에게 양분돼야 할 권력은 사미칸의 손에 모조리 들어갔다.

'사미칸은 불세출의 전사다. 위대한 부족장이기도 하지.'

인정할 수밖에 없었다.

사미칸은 탐욕스럽게 모든 권력을 집어삼켰다.

'처음에는 부족의 권력을 삼켰지. 제사장인 나조차 자신의 수하로 만들었어.'

육손이가 파르르 손을 떨었다. 굴욕적인 일이었다. 사미칸의 명령에 따르지 않으면 죽음밖에 없었다.

'그리고 서부를 집어삼켰다. 아무도 생각하지 못했던 서부의 통합을 이뤘어.'

사미칸은 산맥 너머에서 온 노아 아르텐을 벗으로 삼고 그

지식을 적극적으로 이용했다. 평생 부족사회에서 자란 인물이라고 믿기지 않을 정도로 개방된 사고방식이었다.

'이제는 우리보다 더 거대한 문명조차 삼키려고 하고 있다. 그야말로 세계를 삼키는 뱀이로군.'

사미칸의 행보를 보자면 존경할 만한 전사다. 그가 아니었다면 누가 이런 업적을 세웠을까? 유릭? 육손이가 보기에 유릭은 야망이 부족한 사내다. 대지의 아들은 결코 연맹이란 존재를 만들지 못했을 것이다. 탐욕스럽고 교활하며 사악한 사미칸이기에 가능한 짓이다.

"나는 평생 운명의 노예로 살았소, 사미칸."

사미칸에게서 벗어나지 못하면 자유도 없다.

육손이는 누군가를 기다리듯 잠들지 않았다. 상념만이 오갔다.

끼익.

창문이 벌컥 열렸다. 육손이가 잠가두지 않은 창문이었다. 안의 빛이 새어 나갔기에 바깥에서는 열린 줄 알았을 것이다.

구우웅.

거구의 사내가 좁은 창문을 비집고 들어왔다. 방 안의 공기가 달라질 정도로 밀도가 높은 사내였다. 연맹에서 가장 유명한 전사, 숨결조차 사나운 자.

"유릭, 올 줄 알았소."

육손이가 그림자만 보고도 상대의 정체를 알았다. 음영이 드리운 유릭의 얼굴에서는 샛노란 안광만 번들거렸다.

"손님이 왔는데 그렇게 서서 맞이할 건가?"

"겉치레를 좋아하는 줄은 몰랐소."

육손이가 킬킬 웃었다. 유릭은 천천히 의자에 앉았다.

"내가 온 이유는 알겠지?"

"내가 말했지 않소. 언젠가 내 힘이 필요할 거라고 분명 말했지, 대지의 아들 유릭. 주술사의 예언을 그냥 넘겨듣지 마시오."

"시끄러워. 잘난 척하고 싶으면 내가 없는 자리에서 해."

"당사자가 없는 자리에서 무슨 재미로 그러겠소? 내가 미친 놈도 아니고."

육손이도 부족회의에 참가했었다. 유릭이 사미칸에게 당하는 모습을 두 눈으로 봤다.

'때가 왔다.'

육손이는 그리 생각했다. 언젠가 벌어질 일이었다. 유릭과 사미칸은 공존하기에는 너무나 커다란 사내들이었다. 하물며 성향조차 달랐다.

"내가 도와줄 일이 있으면 말하시오. 기꺼이 돕겠소."

"사미칸이 뱀을 키우고 있었군."

"뱀이라는 걸 알고 키운 거니까 개의치 않아도 되오. 뱀은 조심스럽게 다뤄야 하는 법이지. 심기에 거스르면 주인조차 물어버리니까. 큭큭."

유릭이 이맛살을 찌푸렸다.

'육손이, 역시 마음에 들지 않는 놈이야.'

하지만 육손이 없이는 사미칸에게 타격을 주지 못한다.

"천제를 열어. 남쪽에 길조가 있다고 말하고, 북쪽으로는 흉조가 있다고 말해. 되도록이면 화려하게 해줘. 사미칸조차 무시하지 못할 만큼 전사들의 마음을 흔들어."

육손이가 기다리고 기다리던 상황이었다.

"남쪽으로 말이오?"

"지금 북쪽으로 올라가면 제국군이 진을 치고 기다리고 있겠지. 사미칸은 서부의 운명과 전사들의 생명을 걸고 도박을 하고 있어. 그것도 승산이 희박한 도박이지. 더 좋은 방법이 있는데도 말이야."

유릭의 말을 들은 육손이가 눈을 가늘게 떴다.

'이렇게 탐욕이 부족하다니.'

유릭의 동기와 목적은 순수하게 부족과 형제들을 위해서였다. 개인적인 야망이 없었다.

'지독하게도 순수한 전사다.'

육손이는 손가락을 까딱거리며 생각했다. 그는 검게 물든 입술을 천천히 열었다.

"그거면 충분하오?

"충분해."

"하지만 점괘를 멋대로 내면 사미칸이 날 죽이려 들 거요. 기억하시오, 유릭. 이제부터는 당신이 날 지켜야 하오."

유릭이 고개를 끄덕였다. 육손이와 유릭은 서로의 팔을 잡으며 약속을 했다.

사미칸은 아침에 쉽게 깨지 못했다. 잠을 자는 시간은 갈수록 길어졌다. 잠을 자도 피곤이 가시지 않아 눈 밑은 늘 검었다.

꿈틀.

사미칸이 이불자락을 움켜잡았다. 문명인의 침대는 과할 정도로 편안했다.

"사람을 게으르게 만드는군."

사미칸이 눈을 부릅떴다. 그는 가까스로 몸을 일으켜 세웠다. 그는 일어나자마자 무기가 있는지 확인했다. 그는 칼과 도끼를 허리에 차고 창문을 바라봤다. 그가 있는 영주의 방에서는 성내가 한눈에 보였다.

도시 하비론드는 여전히 연맹의 통제 아래에 있었다. 연맹군이 주둔하면서 하비론드가 입는 피해는 막심했다. 도시민이 수년간 비축해 온 물자가 벌써 바닥을 드러냈다.

'여기서 충분히 휴식을 취하고, 제국의 본대와 싸운다.'

승리는 단 한 번이면 충분했다. 한 번의 승리면 사미칸의 이름은 불멸이 된다. 문명세계에는 공포의 상징이 될 것이고, 서부에서는 전설적인 영웅이 된다. 아니, 신화적인 인물이 될 터다.

사미칸은 전사들에게 충분한 휴식을 줬다. 벌써 해가 크게 떠올랐다.

'잠이 많아졌군.'

사미칸은 삐걱거리는 목과 어깨를 주물렀다. 길게 하품을 하던 그는 성 바깥에 전사들이 모여 있는 걸 발견했다.

"육손이?"

아직 출정 날이 잡히지 않았기에 제사를 명하지 않았다.

사미칸은 황급히 외투를 챙겨 입고는 바깥으로 나갔다. 전사들이 말없이 사미칸의 뒤를 따라붙었다.

육손이는 주술사들을 모아놓고 천제를 지냈다. 하늘의 뜻을 알아보는 제사였다. 당연히 연맹의 전사들이 잔뜩 모여들었다. 누구나 자신의 미래를 알고 싶어 한다. 주술사의 점괘를 통해 전사들은 미래에 대한 위안을 얻었다.

키잉.

육손이가 칼을 들어서 양의 목을 베었다. 발버둥 치던 양이 출혈로 죽었다.

"우우움, 움."

주술사들이 목구멍을 긁어대듯 침음을 냈다. 전사들은 숨을 죽이고 점괘 결과를 기다렸다.

쩌어억.

육손이가 양의 뱃가죽을 가르고는 그 안으로 팔을 깊게 집어넣었다. 비릿한 내장을 뒤적이며 뭐라 알 수 없는 소리를 내질렀다. 곧 육손이가 눈을 뒤집으며 경련했다.

파드득!

육손이가 뒤로 벌러덩 넘어지면서 손을 뺐다. 까마귀 한 마리가 양의 뱃가죽을 가르고 나왔다.

"까마귀다!"

"피에 절은 까마귀야!"

전사들이 웅성거리며 소리를 질렀다. 피를 뒤집어쓴 까마귀가 양의 배에서 튀어나와 하늘로 솟아올랐다.

"흉조다!"

피에 젖은 까마귀가 길조일 리가 없다. 까마귀가 도시 위를 맴돌다가 사라졌다. 하늘조차 흉흉하게 흐려지는 듯했다.

"화려하군."

유릭은 만족스레 웃었다. 육손이가 열심히 준비한 제사였다. 진짜로 까마귀가 양의 배에서 나오는 듯했다. 제대로 준비해 둔 비장의 수라는 느낌이 확확 들었다.

"불길한 징조야. 까마귀라니……."

"갑자기 어디서 나타난 거야?"

어디선가 까마귀들이 수어 마리 더 나왔다. 전사들의 눈동자가 흔들렸다. 사방에서 흉조를 상징하는 현상들이 일어났다.

주술사들도 자기네들끼리 모여 심각한 얼굴로 중얼거렸다. 전투를 앞둔 제사라고 믿기 힘들 정도로 분위기가 가라앉았다.

저벅.

사미칸이 전사들 사이를 가로질렀다. 전사들이 길을 비키며 사미칸을 쳐다봤다.

"출전에 앞서 천제를 지냈습니다, 대족장 사미칸."

육손이가 피에 젖은 손으로 공손히 말했다.

"제사를 지내는 건 당연한 일이지."

사미칸은 아무렇지도 않게 대답했다. 그는 아직도 하늘을 날아다니는 까마귀를 보며 눈을 가늘게 떴다.

"활!"

전사가 사미칸의 활을 가져왔다. 그는 활시위를 길게 당겨서 까마귀를 노렸다.

피-슛!

망설임 없이 날아간 화살이 까마귀에게 꽂혔다. 대족장다운 활솜씨였다. 연맹에서 이 정도로 활을 잘 쏘는 사람은 손에 꼽을 것이다.

"흉조라고 지레 겁먹을 필요는 없지."

흉조의 상징인 까마귀를 맞힌 사미칸이 전사들을 둘러보며 말했다. 이미 전사들은 흉조 때문에 사기가 떨어진 상태였다.

'내가 밀어붙인다면 진군은 가능하겠지만……. 최상의 상태로도 힘거운 싸움이다. 불완전한 군대로 제국군과 싸울 순 없어.'

사미칸은 저 멀리 인파에 섞인 유릭을 바라봤다. 그리고 고개를 돌려 제사를 주관한 육손이도 노려봤다.

육손이는 차마 사미칸의 눈을 정면으로 보지 못하고 다른 점을 보는 척했다.

"육손이! 그렇다면 하늘이 점지해 준 방향은 어디인가?"

사미칸이 외쳤다. 육손이가 양의 내장을 꺼내며 땅바닥에 뿌렸다. 피와 창자가 바닥에 쏟아지면서 기이한 그림이 완성됐다.

"남쪽입니다."

육손이가 눈동자를 굴리며 대답했다.

"그렇다면 남쪽으로 진군해 하늘의 가호를 받아보는 것도 좋겠군. 우리 제사장의 말이 맞다면 그곳에서 좋은 소식을 맞닥뜨리겠지!"

사미칸이 육손이의 어깨를 툭툭 쳤다. 흉조에 불안해하던 전사들의 얼굴이 밝아졌다.

"그 작은 권력을 아주 요긴하게 이용하는군, 육손이."

사미칸이 웃으면서 작게 말했다. 바로 옆에 있는 육손이만 들을 정도였다.

"칭찬으로 듣겠습니다."

"내게 반기를 들려고 권력을 탐했던 건가?"

육손이가 지팡이를 들어서 땅바닥을 연거푸 찍었다. 뼈들이 딸그락거리며 소리를 냈다. 그 소리에 전사들도 박자를 맞춰서 발을 굴렀다.

선소든 하늘이든 초월적인 존재의 가호는 전사들에게 중요했다. 제사장의 권력은 그런 전사들의 지지에서 나온다. 아무리 사미칸이 지상에서 절대적인 존재라도, 그가 사후세계까지는 책임져 주지 않는다.

"평생을 당신의 노예로 살았습니다, 위대한 사미칸이여."

"내가 아니었다면 넌 지금의 위치까지 오르지도 못했겠지. 그 자리를 만들어준 사람이 다름 아닌 나다."

"그럴지라도 제 운명과 삶은 당신의 것이 아닙니다. 이름조차 없는 여섯 손가락은 자신의 명령으로 살고, 스스로 죽을 곳을 정할 겁니다."

사미칸은 육손이의 목을 베고 싶은 충동을 참아냈다. 당장에라도 저 간교한 놈의 입술을 찢어버리고 싶었다.

육손이는 사미칸의 살기를 느끼곤 침을 삼켰다.

"내 생명은 얼마 남지 않았다. 너보다 오래 살지 못하겠지. 평생을 참고도 고작 이 얼마를 참지 못했단 말이냐?"

"솔직히 말하지. 네가 죽기 전에 한 방 먹이고 싶었다, 사미칸."

육손이의 말을 들은 사미칸이 웃었다. 전사들의 눈에는 점괘 내용 때문에 웃는 것처럼 보였다.

"운명이나 뭐니 하는 소리보다 훨씬 듣기 좋군. 인정하지. 오늘은 내가 한 방 먹었다. 이 사미칸이 육손이와 유릭에게 말이야."

사미칸이 제단에 놓인 양의 눈알을 입안에 넣어서 씹어 먹었다. 으적으적 씹는 소리가 크게 났다.

사미칸은 제단 아래로 한 걸음 내려가며 다시 한번 육손이를 바라봤다.

"부디 몸조심해라, 육손이."

제단에서 내려온 사미칸은 주변의 부족장과 전사들을 바라봤다. 사미칸과 눈이 마주친 유릭이 가볍게 고개를 끄덕였다.

연맹의 대부분 전사들은 흉조와 길조 때문에 대족장이 방침을 바꾼 거라 이해할 뿐이었다. 하지만 정치 감각이 있는 부족장이나 전사장들은 새로운 권력투쟁이 시작됐음을 알았다. 제사 또한 정치의 한 부분일 뿐이다.

'어느 한쪽에 서야 할 때가 오고 있다.'

연맹의 오랜 골치였다. 머리가 둘인 짐승은 오래 살지 못하는 법이다.

연맹의 부족장들은 끼리끼리 모여 떠들었다.

"사미칸은 오래 살지 못할 거야."

"글쎄, 지병을 달고도 천수를 누리는 사람도 많지."

"그래도 병든 사람은 연맹을 이끌지 못해."

"하하, 그래서? 누가 사미칸 앞에서 병들었으니 물러나라고 말할 수 있다는 거지?"

"유릭이 있잖아."

"유릭이 사미칸만큼 잘해낼 거라는 생각은 들지 않아."

유릭은 사미칸의 강력한 적수다. 하지만 유릭의 역량이 사미칸에 미치지 못한다는 건 다들 동의했다. 전사적 역량이라면 유릭이 최고였지만, 대족장의 일은 전사의 역량과 별개였다. 그렇기에 전사로서는 쇠락하고 있는 사미칸이 연맹을 이끌 수 있었다.

"조만간 둘 중 하나는 연맹에서 사라지겠군. 이번에 봤잖아? 부족회의에서 대놓고 유릭에게 망신을 주더군."

"하지만 유릭이 제사장 육손이와 손을 잡았어. 육손이가 유릭의 편을 들었지."

부족장들은 중립을 유지하며 상황을 관망했다.

"제국 놈들과 싸워야 하는데 우리끼리 싸우다니 한심하군."

분열된 연맹의 꼴을 보고 한탄하는 사람도 있었다.

"그걸 누가 몰라? 하지만 어쩔 수 없잖아. 지금 상황이 그런 걸."

공공의 적을 앞두고도 사람들은 분열한다. 북부의 과거가 그러했고, 서부도 예외는 아니었다.

유릭이 그토록 막으려 했던 분열은 이미 일어났다. 한번 갈라진 연맹은 쉽게 붙지 않는다. 더 갈라지기 전에 한쪽을 도려내야 했다.

유릭과 고트발은 모닥불을 사이에 두고 마주 앉아 있었다. 유릭은 어쩐지 고트발에게 이런저런 이야기를 많이 했다. 고트발은 사람의 말을 경청하고 끌어내는 데 능했다.

"대족장이 되고 싶은 겁니까? 유릭."

"그런 건 아니야."

"그럼 관두시면 되지 않습니까? 사미칸과 대립할 필요가 있나요?"

"하하, 말이 쉽지. 이 양반아."

유릭이 웃어넘겼으나 고트발은 안색 하나 바꾸지 않고 유릭을 쳐다봤다.

"못할 건 없습니다. 모든 건 선택할 수 있어요."

"넌 이해 못 할 거야, 고트발. 날 의지하는 사람들이 있어. 내가 자리를 비우면 그만큼 동포가 죽지. 내가 대족장의 자리를 원하고 원하지 않고의 문제가 아니야. 그게 자리에 걸맞은 책임이라는 거다. 자신의 책임을 피해 도망가는 건 불명예야."

"책임이라면 저도 압니다. 그래서 이렇게 함께 가는 거니까요."

고트발이 주변을 둘러봤다. 사방이 야만인뿐이었다. 그는 연맹에 합류해서 유릭과 함께 이동했다.

"날 따라오다니…… 미친 짓이라는 건 알고 있지? 우린 제국과 싸울 거야."

"제게서 세례를 받은 사람이 루의 곁을 벗어나는 걸 그냥 볼 수만 없습니다. 그리고 포교는 성직자의 의무이자 책임이기도 합니다."

고트발은 포교를 위해 연맹에 합류했다. 연맹 내부에 포로로 잡힌 성직자가 제법 있었으나, 자발적으로 합류한 성직자는 고트발이 처음이었다.

타닥, 타닥.

유릭이 모닥불에 나뭇가지를 더 집어넣었다. 불꽃에 그슬리는 나무냄새가 났다.

"흥, 마음대로 해. 스스로 사지로 들어가겠다는데 내가 왈가왈부할 건 아니지."

고트발 주변에는 문명인 용병들이 자주 오갔다. 포로로 잡힌 성직자들과 달리 고트발은 호의적으로 연맹소속의 문명인을 대했다. 고해성사를 들어주고 가끔은 축복의 기도도 해줬다.

'역시 고트발은 비정상적이야.'

유릭은 여전히 고트발의 방식을 이해하지 못했다.

연맹군은 고트발의 도시를 공격했다. 도시 하비론드는 무자비한 약탈을 겪었다. 그런데도 고트발은 적의나 분노를 드러내지 않았다.

"제 힘으로 당신과 약탈자들을 막을 수 있다면 최선을 다해 막을 겁니다. 하지만 막을 수도 없는데 분노하고 증오해 봐야 아무런 소용이 없지요. 증오는 자신을 갉아먹을 뿐입니다."

유력과 마주했을 때의 고트발은 평범한 수도승으로 종군성직자로 활동하는 정도였으나, 팔을 잃은 이후로는 그의 모범적인 성품이 주목을 받았고 점차 유명해졌다.

고트발은 몇 년 사이에 하비론드에서 가장 유명한 사제가 되었다. 하비론드에 들른 귀족들은 고트발과 만나기 위해 줄을 서서 기다릴 정도였다.

포로로 억류된 성직자들조차 고트발을 만나러 왔다.

"외팔이 성자 고트발. 당신의 이름을 들어본 적이 있습니다."

"과한 호칭입니다. 저는 그저 고트발입니다."

고트발은 성자라는 호칭에 고개를 절레절레 저었다.

"루께서 우리를 저버린 것입니까? 많은 사람들이 죽고 있습니다. 우리의 형제자매들의 고통과 비명이 밤마다 들려옵니다."

"저들이 광기와 분노로 무장했다고, 우리까지 증오에 물들 필요는 없습니다."

"하지만……."

"무지한 자들을 용서하십시오."

고트발은 태양사제 중에서도 가장 온건한 부류였고, 루의 가르침에 원론적으로 근접한 사람이었다. 그런 온건한 원리주의자들은 태양교 내부에서도 드물었다. 인간인 이상 증오와 분노를 쉽게 버리지 못한다.

"저흰 고트발 형제처럼 생각하지 못하겠습니다. 밤마다 끓는 감정이 가라앉지 않습니다. 저들은 우리의 형제를 죽이고 자매를 약탈했으며, 루가 깃든 신전에 불을 질렀습니다."

"그렇다면 그 감정에 몸을 맡기시면 됩니다. 그리고 행동에 따른 책임을 져야겠죠. 그럴 용기가 당신에겐 있습니까? 루를 거스르며 폭력을 실행할 용기 말입니다."

고트발의 목소리가 가라앉았다. 그의 말을 듣던 성직자가 입을 다물었다.

"칼을 들고 저들과 싸울 용기가 없다면 차라리 용서하십시오. 그게 우리의 방식입니다."

"고트발, 당신은 위대하신 분이지만 너무나 이상적입니다. 모든 사람이 그렇게 살 순 없습니다."

몇몇 성직자가 자리를 떴다.

그러나 고트발의 말에 감화된 이들은 가만히 앉아서 그 말을 들었다.

연맹은 남쪽으로 향하고 있었다. 유릭은 이동하는 내내 육손이의 안전에 신경을 썼다. 믿을 만한 전사들을 불러서 육손이를 호위했다.

'분명 사미칸은 어떤 수단을 써서든 육손이를 제거하려 하겠지.'

사미칸이 유릭을 암살하진 못한다. 올바르지 못한 방법으로 정적을 제거한다면 유릭 파벌의 전사들은 사미칸을 따르지 않을 터다.

'육손이를 제거하거나 실각시킨 뒤에 자신의 입맛에 맞는 주술사를 그 자리에 올릴 거다. 육손이도 사미칸을 두려워하고 있어.'

육손이도 밤마다 잠을 자지 못해 초췌해졌다. 유릭의 전사들 말고는 아무도 믿을 수 없었다. 육손이가 얼마나 약초를 피워대는지 곁에 가면 퀴퀴한 냄새가 지독했다.

"하발드, 저 약쟁이를 보호해 줘. 중요한 인물이거든"

유릭은 하발드에게 육손이의 신변을 맡겼다. 부족 내부의 전사들보다 하발드가 믿을 만했다. 사미칸이 그 어떤 조건을 내걸어도 하발드는 유릭을 배신하지 않을 터다.

'정말로 웃기는 노릇이군. 형제들보다 하발드가 더 믿을 만하다니.'

사미칸의 지적이 전부 틀린 것만도 아니었다. 유릭은 서부인이 아닌 자들에게 많은 부분을 의존했다. 그걸 아니꼽게 여기는 전사들도 있었다.

유릭과 사미칸은 야영지에서 마주쳤다. 앉아서 술을 마시는 사미칸이 자신의 곁에 앉으라고 유릭에게 손짓했다.

"내가 죽기만을 다들 기다리는군. 들개처럼 내 주변을 맴돌고 있어."

유릭이 사미칸에게 접근했다. 주변에 있던 전사들이 자리를 피했다.

"그래서 언제 죽을 것 같은데?"

유릭은 사미칸의 술잔을 받았다. 독을 타는 짓은 하지 않는다. 그건 두 사람이 더 잘 알고 있었다.

"내 천명이 끝나기 전까지는 죽지 않아."

"천명? 네 욕심이 아니고? 하하."

"그게 내 욕심이면 어떠한가? 남자로 태어나 대업을 이루고자 하는 게 잘못이라면 우리 모두가 죄인이겠지."

"물론이야. 하지만 형제의 목숨으로 도박을 한다면 그건 목이 달아나도 마땅한 일이다."

"전쟁은 도박이다. 그 누구도 이길 거라고 장담하지 못해. 그래서 하늘과 신의 힘을 빌리는 거지. 선조의 영혼과 푸른 하늘을 위해, 건배."

사미칸이 술잔을 들어서 턱짓을 했다. 두 사람의 잔이 가볍게 부딪쳤다.

"사미칸, 충분히 시간을 들여서 제국을 공략해라. 서두르지

마. 시간이 촉박한 건 놈들이야."

"형제의 조언을 깊이 새겨듣지."

사미칸은 웃으며 고개를 까딱였다. 차라리 유릭에게 화를
냈다면 설득할 여지가 있었을 터다.

'그냥 웃고 넘긴다는 건 이미 내 말을 들을 생각이 없다는
거지.'

사미칸은 어떤 수를 써서도 진군방향을 다시 북쪽으로 돌
릴 터다. 자신이 죽기 전까지 제국과 결전을 치르는 게 목적이
었고, 사미칸은 언제나 자신의 목적을 성취했었다.

육손이 주변을 맴도는 전사가 많아졌다. 사미칸에게 충성하
는 푸른안개 전사들이 밤낮을 가리지 않고 육손이를 쳐다봤다.
그 맹목적인 눈동자 때문에 육손이를 밤잠을 이루지 못했다.

"야, 약속은 지키시오, 유릭. 나, 나를 지켜야 하오."

육손이는 심리적 압박에 시달렸다. 언제 죽을지 모른다는
공포에 온몸이 바싹바싹 말라갔다.

"거, 쫄지 마. 사미칸은 대놓고 공격하지 않을 거야. 틈만 주
지 않으면 별일 없어."

유릭이 저 멀리 있는 푸른안개 전사들을 쳐다봤다. 그들은
유릭을 향해 고개를 숙여 인사했다.

육손이를 호위하던 하발드는 유릭에게 호위병력을 더 늘려
야 한다고 말했다.

"저 많은 전사들이 갑자기 달려든다면 저 주술사를 지킬 수 없소."

"대놓고 공격하지 않을 거라니까. 사미칸은 내가 잘 알아."

"그렇다면 그 사미칸이라는 자가 왜 자꾸 주술사 주변에 병력을 많이 배치하는 거요?"

하발드가 투덜거렸다. 그는 북부인 혼혈로 제국에서 자란 사내다. 연맹이나 전사사회의 문화에 대해서는 잘 몰랐다. 사미칸의 전사가 습격할 거라는 가능성을 머리에서 지우지 못했다.

"그냥 신경을 꺼. 숫자를 늘려서 압박을 주려는 거니까. 실제로 육손이가 초췌해지고 있잖아. 그걸 노린 거지."

"신경을 안 쓰려고 해도 저렇게 사람을 많이 배치하면 쓸 수밖에 없소."

하발드도 육손이를 호위하느라 제대로 쉬질 못했다. 상당히 피로가 쌓여 말투에서는 짜증이 묻어 나왔다.

"신경을 안 쓸 수가 없어……?"

유릭이 문득 그 말을 듣고는 가슴이 철렁했다. 이유 모를 불안감이 스멀스멀 올라왔다.

"하여튼 내부알력다툼을 빨리 끝내시오. 하나가 되지 못한 군대가 제국과 싸워 이길 리가 없소."

하발드가 그렇게 말하곤 다시 육손이를 호위하러 갔다. 유릭은 주변을 둘러봤다.

유릭이 고개를 삐딱하게 기울이며 푸른안개 전사들을 바라 봤다. 사미칸은 부하들에게 자신의 의도를 전부 말할 사내가 아니다. 심문한다 해도 저들은 아무것도 모를 터다.

정체 모를 불안감만이 밤새 유릭을 괴롭혔다.

아침이 되자 유릭은 야영지를 걸으며 늘어지게 하품을 했 다. 간밤에 잠을 제대로 자지 못했다.

저벅, 저벅.

발소리가 많아졌다. 유릭이 고개를 돌려서 주변을 쳐다봤 다. 단단히 무장한 전사들이 유릭을 에워쌌다.

"무슨 일인데? 여기서 한번 붙어보자고? 전부 뒤지고 싶어 서 이렇게 줄 서서 왔나?"

유릭이 칼자루를 잡으며 전사들을 위협했다.

"협조하지 않는다면 싸움도 불사하겠소, 대지의 아들 유릭."

"협조?"

"대족장 사미칸께서 노아 아르텐을 죽인 살인자로 당신을 지목했소."

유릭의 눈동자가 커졌다가 날카로워졌다. 유릭이 인상을 찌 푸렸다.

"증거도 없이 내게 헛발질했다간 사미칸의 지위가 온전하지 못할 텐데? 난 아르텐이 죽고 난 뒤에 아르텐 전초기지에 도착 했어. 내가 무슨 수로 노아를 죽였단 말이지?"

"그건 재판에서 말하시오."

유릭이 사미칸의 전사들에게 둘러싸인 걸 보고 사방에서 무기를 든 전사들이 몰려왔다.

"유릭은 네놈들이 건드릴 사내가 아니다! 저리 비켜!"

"대족장의 명이오!"

"대족장이고 나발이고 우린 유릭을 따른다!"

"방금 그 말은 연맹을 향한 반역이오."

당장에라도 전투가 벌어질 기세였다. 유릭을 구하기 위해서 전사들이 급히 무기를 챙겨왔다. 벌써 수십여 명의 전사가 무리를 이뤄 말다툼을 시작했다.

유릭은 눈을 감으며 웅성거리는 소리를 들었다. 그는 뜨겁게 달아오른 분노를 식혔다. 눈을 뜨자 다시 인파가 보였다. 분노로 가려졌을 때는 보이지 않던 것들도 눈에 들어왔다. 그중에서는 고트발도 있었다.

고트발은 걱정스럽게 유릭을 보며 기도하고 있었다.

'나는 너처럼 분노를 완전히 없애지 못해. 분노는 전사의 근원이지.'

유릭은 자신의 분노를 통제했다. 그는 다른 전사들을 향해 팔을 뻗었다.

"오해가 있나 보군, 내가 노아 아르텐을 죽였다는 증거는 찾아낼 수 없을 거다. 걱정 마."

"일이 벌어지면 우리가 널 위해 무기를 들겠다. 뱀처럼 간교한 자는 우리 위에 군림할 수 없어. 우리가 따르는 건 피가 불처럼 뜨거운 전사다."

유릭을 따르는 전사들이 외쳤다. 특히 화상자국이 많은 발디마의 전사들은 유릭을 숭배하듯 따랐다. 바위도끼 전사들 말고도 유릭에게 충실한 전사는 연맹에 많았다.

"협조해 줘서 고맙소, 유릭."

사미칸의 전사들이 유릭을 둘러싸곤 이동했다. 유릭은 연맹군 야영지의 중심에 형성된 공터까지 갔다.

날씨는 좋지 않았다. 먹구름이 지평선 너머에서 몰려오고 있었다. 습한 공기가 바람을 타고 먼저 지나갔다.

공터에서는 사미칸이 유릭을 기다리고 있었다. 주변에는 사미칸의 측근들이 수두룩했다. 그들은 전투를 앞둔 것처럼 무장을 하고 있었다.

저벅, 저벅.

유릭은 멀리 보이는 공터를 향해 걸어갔다. 사미칸의 전사들이 유릭을 둘러싸고 있었다. 유릭이 도망가지 못하게 빈틈조차 보이지 않았다.

핏.

유릭은 목덜미를 매만졌다. 갑자기 따끔한 통증이 있었다.

'이건……'

유릭이 인상을 찌푸렸다. 미미한 통증이 점점 크게 번져 가더니 온몸이 찌릿찌릿했다. 감각이 둔해지면서 다리가 휘청거렸다.

'독인가……'

주변의 전사들이 유릭을 부축하듯 떠밀었다. 이들 중 누군가가 유릭에게 독침을 쐈다. 즉사형 독은 아닌 듯했다.

"개자식들이……."

"우린 당신과 죽을 각오가 되었소, 유릭. 우리를 죽인다고 해도 이 거리라면 당신의 목도 성치 못할 거요. 부디 얌전히 있으시오. 대족장께선 당신을 죽일 생각이 없소."

유릭을 둘러싼 전사가 말했다.

'감각이 붕 떴다. 내 몸이 아닌 것 같아. 숨도 점점 차오르고 있어.'

유릭은 구역질을 참으며 눈을 치켜떴다.

캉, 캉.

유릭과 마주한 사미칸이 제자리에서 칼끝으로 바닥을 두드렸다. 그는 서늘한 눈동자로 유릭을 쳐다봤다.

"유릭, 이런 상황이 돼서 유감이다."

"지금 상황을 감당할 수 있겠나? 사미칸."

유릭은 감각 없는 다리로 우뚝 섰다.

"감당해야 하는 건 내가 아니라 너지."

"난 노아 아르텐이 죽고 나서 아르텐 전초기지에 도착했다! 내가 어떻게 노아 아르텐을 죽였단 말이지?"

유릭이 팔을 벌리곤 주변을 둘러보며 외쳤다.

"나도 처음에는 그렇게 생각했다. 그래서 네가 암살을 사주했을 거라 생각지도 않았지. 내 형제를 누구보다 믿고 있었으니까."

캉!

사미칸이 다시 한번 칼끝으로 땅을 두드렸다.

인파가 갈라지면서 전사들이 걸어 나왔다. 전사들은 누군가의 팔을 붙잡고 있었다.

"게오르크?"

유릭의 동공이 떨렸다. 게오르크는 전사들 사이에 끼여 더 왜소해 보였다.

'엊그제부터 게오르크가 보이지 않았어.'

유릭은 미처 게오르크에게 신경을 쓰지 못했다. 육손이 주변을 지켜보느라 게오르크에게 신경을 쓸 겨를이 없었다.

'이걸 노린 거였군.'

육손이 곁에 과하게 많은 전사가 맴돈 이유였다. 유릭이 다른 곳에 신경을 쓰지 못하도록 이목을 끌었을 뿐이었다.

'내 불안감의 정체가 게오르크였다니……'

유릭이 낮게 웃었다. 게오르크는 고문을 당했는지 손톱이 죄다 빠져 있었다.

"유릭, 네가 노아 아르텐의 암살을 사주했다는 증인이 여기에 있다."

사미칸이 또박또박 말했다.

유릭은 귀가 먹먹했다. 존재하지 않는 굉음이 귓가에 맴돌았다. 게오르크가 입술을 움직여 뭐라 말하는 것만 보였다. 세상이 느려신 듯이 흐리다. 독이 심상을 타고 전신으로 퍼졌다. 의식이 끊어질 듯이 흔들렸다. 눈을 감았다가 뜨면 시간이 생각보다 많이 흘렀다.

"카악."

유릭이 구역질하듯 비명을 내질렀다. 그가 숨을 헐떡이며 머리를 흔들었다.

"게오르크는 유릭이 노아 아르텐의 죽음을 사주했다고 말했다. 유릭, 이에 대해 할 말이 있는가?"

게오르크는 유릭이 서신으로 노아의 암살을 지시했다고 증언했다. 그 말이 진실인지 거짓인지는 중요하지 않았다. 그저 유릭의 측근인 문명인이 그런 말을 했다는 게 중요했다.

"그건 말도 안 돼! 유릭이 그럴 리가 없어!"

지켜보던 전사들의 아우성이 커졌다. 그들의 말조차 유릭의 귓가에 먹먹하게 맴돌았다.

'몸이 안 좋아.'

유릭의 눈 밑이 파르르 떨렸다. 손끝에는 피가 돌지 않았다.

사미칸이 유릭의 옆으로 다가와 속삭였다.

"유릭, 내가 죽으면 연맹은 네 것이다. 다음 대족장은 너지. 그때까지만 내게 연맹을 맡겨라. 지금은 순순히 처벌을 받아. 감금 정도로 끝내주지."

"큭, 큭큭. 헛소리 집어치워."

유릭이 어깨를 들썩이며 웃었다. 그는 뒤로 돌아서 게오르크를 쳐다봤다.

"나, 나는……."

"내가 네게 요구한 건 네가 가진 지식이다. 충성심 따위가 아니야. 보호해 주지 못해서 미안하다, 게오르크."

유릭이 숨을 억지로 고르며 말했다. 그의 눈동자가 차분하게 가라앉았다.

유릭은 손가락을 움직였다. 감각이 없어서 한 번 헛손질을 했다가 겨우 더듬어서 칼자루를 잡았다.

끼익.

유릭의 칼날이 모습을 드러냈다. 주변 전사들의 함성이 커졌다.

"나 바위도끼 유릭은 처벌을 거부한다. 사내로 태어나서 내가 하지도 않은 짓에 대해 벌을 받을 순 없지. 조잡한 말 따윈 집어치우고 하늘에 물어보자고, 사미칸."

사미칸은 옅게 웃으며 뒷걸음질 쳤다. 그도 천천히 칼을 뽑았다.

'중독된 몸으로 잘도 움직이는군.'

이미 치사량이 넘는 독이 유력의 몸뚱이에 돌고 있다. 그 정도로도 죽지 않을 거라 예상했기 때문이다.

"네 죄를 인정하지 않겠다는 건가?"

사미칸이 길을 빙글빙글 돌렸다. 그는 오늘을 위해 며칠을 준비했다. 그동안 여자도 안지 않았고, 주술사들의 처방에 따라 구역질 나는 약을 복용하며 몸의 상태를 최상으로 만들었다.

'숨이 차오르지 않아.'

사미칸은 가볍게 제자리에서 통통 뛰었다. 가슴의 통증이 씻은 듯이 사라졌다. 마냥 좋은 현상은 아니었다. 약의 효과가 끝나면 끔찍한 통증이 찾아올 터다.

"처음부터 이렇게 될 줄 알았잖아? 내게 독을 쓴 이유도 나랑 싸울 거라 생각해서 그런 거지."

독이라는 말에 전사들이 웅성거렸다. 독 같은 비열한 수를 사미칸이 썼을 리가 없다고 떠들었지만, 유력의 상태가 심상치 않았다.

"이 자리를 모면하려고 거짓을 지껄이는구나, 유력."

사미칸이 코웃음 치며 말했다. 누가 봐도 오해가 많을 수밖에 상황이었다.

사미칸은 부자연스럽게 유력을 재판까지 끌어내 유죄를 선언했다. 설사 유릭을 처벌하는 데 성공하더라도 뒷말이 많을 터다. 사미칸의 정당성과 장악력에도 영향을 끼칠 사건이다.

'하지만 난 시간이 없다.'

사미칸은 하비론드를 떠나고 나서 밤마다 폐병에 시달리며 피를 토했다. 죽음이 아주 가까워졌다는 걸 느꼈다.

'억지를 부려서라도 가야 한다. 내 생명이 다하기 전에. 네가 양보해라, 유릭.'

사미칸도 그 누구보다 간절했다. 남은 시간 있었으면 이러지도 않았을 것이다. 죽음이 뒤를 쫓아오고 있는데 여유를 부릴 수가 없다.

'어떻게든 지금만 연맹을 장악해서 제국군과 싸우면 된다.'

이미 사미칸은 미래를 보지 않고 있었다. 제국군과 싸워 적의 수도를 점령하는 게 그의 전부였다. 영원히 남을 전설만을 꿈꿨다.

사미칸은 자신의 목적만을 위해 모든 걸 버릴 수 있었다. 삶과 미래가 남아 있는 유릭과는 버릴 수 있는 무게의 단위가 달랐다. 사미칸은 목숨보다 중요시 여기는 자존심과 명예마저 버릴 수 있었다.

기괴하게 뒤틀린 집념이 사미칸의 눈동자에서 새어 나왔다. 주변의 전사들조차 소름이 돋아서 손끝을 떨었다.

"그 자존심 높은 네가 독을 쓰다니, 나 원……. 그렇게도 초조하고 급했던 거냐?"

유릭이 비틀거리며 칼을 들어 올렸다. 시야가 벌써부터 침침
했다.

'사미칸…….'

푸른안개의 사미칸. 유릭은 그 이름을 읊조렸다. 첫 만남부
터 좋신 않았다. 원수나 다름없는 사이에서 시작해 가까워졌
다가 멀어지길 반복했다.

'오랜 인연을 끝낼 때가 왔군.'

유릭은 칼을 꽉 잡으려고 했지만 손아귀에 힘이 깊게 들어
가지 않았다. 근육이 실타래 풀리듯 느슨했다.

유릭도 여기까지 오고 싶지 않았다. 사미칸은 연맹에 필요
한 인재였다. 서로가 서로를 필요하다고 인정한 사이였다.

하지만 둘 다 몹시 뛰어나다는 게 문제였다. 어떤 맹수 무리
든 대장이 둘인 곳은 없다.

독이 혈관을 타고 유릭을 공격했다. 그러나 유릭은 눈을 또
렷이 뜨고 사미칸을 응시했다.

'역시 너는 축복을 받은 전사다, 유릭. 독과 부상 따위로는
너를 죽이지 못하지.'

사미칸이 칼을 좌우로 흔들며 앞으로 걸어갔다.

'너처럼 축복받지 못한 나는 독까지 써야만 널 이길 수 있어.'

유릭에게 재판을 걸면 결투까지 갈 거라 생각했다. 유릭은

사미칸과 동등한 위치에 선 유일한 존재다. 사미칸의 권위만으로 처벌할 수 없었다.

전사사회에서 동등한 존재가 부딪치면 남은 것은 결투뿐.

끼익.

사미칸이 칼을 양손으로 잡고 자세를 취했다. 사미칸이 쓰는 무기도 질 좋은 강철검이었다.

"후우우우."

숨을 가다듬는 사미칸의 가슴이 크게 들썩였다. 원래라면 통증 때문에 깊게 숨을 내쉬지도 못했을 터다.

맑은 숨이 정수리까지 스며드는 듯했다.

'얼마 만에 이런 기분을 느껴보는 거지.'

고통에 시달리던 육체는 정신마저 썩어 문드러지게 했다. 정신이 맑아오자 시야가 넓어졌다.

'나와 유릭은 이런 상황까지 오지 않을 수도 있었다.'

사미칸에게 자신이 지나쳐 온 수많은 길이 보였다. 하지만 후회는 아무리 빨라도 늦다. 유릭을 짓누르고 올라서지 않으면 사미칸은 자신의 욕망을 쟁취하지 못한다.

야망이 인의를 죽인다. 욕망이 윤리를 파괴한다. 인간으로서 바닥까지 떨어질지라도 사미칸은 자신의 길을 포기할 수 없었다. 이미 너무나 많은 대가를 치르고 여기까지 올라왔다. 여기서 멈춘다면 사미칸이 쌓아온 건 단순한 악행에 불과하다.

사미칸은 자신이 죽은 뒤의 미래를 상상했다. 그는 오래 살 생각이 없었다. 제국의 심장을 찌르고 생을 마감할 터다.

문명세계에서는 잊히지 않을 공포로 남을 터다. 서부에서는 전설과 신화의 영역에서 살다 죽은 전사로 기억될 것이다.

"하아아."

사정하는 것만큼 짜릿했다. 마지막 죄책감마저 사라졌다.

캉!

유릭과 사미칸이 칼이 부딪쳤다. 유릭은 칼자루가 손아귀에서 벗어날 것 같아서 양손으로 짓누르듯 잡았다.

전사의 기량은 유릭을 당해낼 자가 없다. 사미칸도 뛰어난 전사였지만 유릭에 비하면 한참이나 부족했다.

'독을 쓰고도 겨우 우세를 점하는 정도일 줄이야.'

사미칸이 이를 악물었다. 굴욕적이지만 유릭은 위대한 전사였다.

유릭은 용케도 사미칸의 공세를 막아내며 반격까지 했다. 유릭의 원래 실력을 모르는 사람이라면 잘 싸운다고 착각할 정도였다.

"왜 유릭이 저렇게 밀리는 거지?"

보고 있던 전사들이 중얼거렸다. 그들은 전장에서 유릭을 직접 봐온 자들이었다. 대족장은 사미칸이지만 유릭이 질 거란 생각은 하지도 않았다.

"아까 유릭이 독 어쩌고 말했잖아. 사미칸이 독을 쓴 건가?"

유릭을 지지하는 전사들이 야유하듯 외쳤다.

"헛바닥 함부로 놀리다가 쥐도 새도 모르게 뒈질 수도 있어. 유릭은 그저 상태가 안 좋은 것뿐이야. 전날 밤 과음이라도 한 모양이지."

어찌 됐건 유릭이 먼저 결투를 신청한 모양새였다. 제삼자가 끼어들 여지가 없었다.

점차 결투를 구경하는 사람들이 많아졌다. 오랫동안 의문이었던 연맹의 진정한 수장을 가리는 자리였다. 여기서 이기는 자가 연맹의 진짜 수장이 될 터다.

"카악, 퉷."

유릭은 고개를 흔들며 침을 뱉었다. 눈동자의 초점이 계속 흐트러졌다. 격하게 움직이자 독이 더 빨리 온몸을 돌았다.

"폐병 환자치고는 몸이 잽싼데?"

유릭이 허리를 더듬어 도끼도 뽑았다. 식은땀이 비 오듯 쏟아졌다.

이 자리에서 가장 놀란 사람은 독을 쓴 전사였다. 그가 쓴 독은 곰조차 쓰러뜨리는 마비독이었다.

'어떻게 움직일 수 있는 거지?'

유릭은 독이 전신에 퍼지고도 사미칸과 대등하게 싸우고 있었다. 독의 위력을 아는 자는 입이 쩍 벌어질 지경이었다.

키이잉!

사미칸의 칼날이 유릭의 칼을 밀어냈다. 유릭의 중심이 무너졌고, 사미칸이 앞발차기를 했다.

"후욱!"

사미칸이 숨을 짧게 내뱉으며 칼을 길게 휘둘렀다. 칼날의 끝이 유릭의 앞섶을 스치고 갔다.

'내 앞을 가로막지 마라, 유릭.'

사미칸의 몸이 달아올랐다. 그의 몸놀림이 더욱 빨라졌으나 유릭의 발걸음은 점점 느려졌다. 그 차이가 현저히 벌어졌다. 유릭은 방어하는 데도 급급해 뒷걸음을 쳤다.

'눈이 감긴다.'

유릭은 의식이 중간중간 끊어지는 걸 느꼈다. 졸음이 몰려오듯 눈이 저절로 감겼다. 무의식에 가까운 감각만으로 도끼를 뻗어서 사미칸의 칼날을 옆으로 걷어냈다. 훈련된 유릭의 육체는 찰나를 놓치지 않고 반격했다.

스컹.

유릭의 칼날이 사미칸의 뺨을 스치고 지나갔다. 조금만 더 옆으로 꺾였으면 안면을 갈랐을 일격이었다. 이런 상황에서도 유릭의 칼은 사미칸의 목숨을 끊을 것처럼 종종 날카로웠다.

후두두둑!

구름이 몰려오면서 비가 내렸다. 유릭과 사미칸은 비를 맞으며 잠시 숨을 골랐다.

'아까 공격이 성공했으면 좋았으련만.'

유릭이 반쯤 감긴 눈으로 힘없이 웃었다. 그의 손가락이 눈에 띄게 떨렸다. 눈동자는 사미칸의 칼날을 좇지 못하고 놓쳤다.

철퍽.

유릭은 비에 젖은 땅을 밟다가 미끄러졌다. 그는 칼로 바닥을 찍으며 몸을 지탱하려 했으나, 사미칸의 발차기가 유릭의 턱을 후려쳤다.

"쿨럭."

유릭이 땅바닥을 뒹굴었다. 여기저기서 탄식이 튀어나왔다. 승부가 갈리는 기점이라는 걸 다들 알았다.

"유릭, 너만 한 전사가 죽음을 두려워하진 않겠지."

사미칸이 눈을 찌푸리며 저벅저벅 걸어왔다. 그도 울컥하는 피를 토해냈다. 약으로 가라앉힌 통증이 다시 올라왔다. 가슴이 찢어질 것만 같았다.

쏴아아아!

빗줄기가 거세졌다. 사미칸은 축 처진 머리카락을 뒤로 넘겼다.

휘릭.

유릭이 누운 상태에서 도끼를 내던졌다. 토하듯 숨을 내쉬던 사미칸이 고개를 비틀어서 도끼를 피했다.

"사미이이카아아안-!"

유릭이 힘을 짜내듯 일갈을 내지르며 몸뚱이를 일으켜 세웠다. 중심이 없는 몸뚱이도 그저 앞으로 흐느적이며 달려들었다. 칼을 높게 들었지만 검로는 형편없이 어긋나 있었다.

날붙이끼리 다시 부딪친다. 유릭과 사미칸이 뒤엉켰다. 사미칸은 무게중심과 자세를 유지했지만 유릭은 엉망진창이었다.

'일어나서 움직이는 것만으로도 초인적인 정신력이지.'

사미칸은 집중하며 달려오는 유릭을 바라봤다. 유릭이 눈깔을 뒤집다시피 하며 달려들었다.

사미칸과 유릭이 지나치듯 부딪쳤다. 살을 베는 소리가 났다. 사미칸의 몸이 기울어지나 싶더니 발을 내디디며 똑바로 섰다.

촤아악!

유릭이 피를 흘리며 바닥에 쓰러졌다. 오른쪽 쇄골을 가로지르는 자상이 깊게 났다. 쇄골까지 부러진 게 틀림없었다.

털썩.

유릭이 무릎을 꿇었다. 상체가 천천히 바닥으로 기울어졌다. 이윽고 머리조차 진흙탕이 된 땅에 처박혔다. 피가 빗물에 섞여 흘러내렸다.

"하아, 하아."

사미칸이 숨을 골랐다. 땀과 비가 뒤엉킨 얼굴이 무거웠다. 눈꺼풀이 파르르 떨리며 경련했다.

끼이이익.

사미칸이 칼을 질질 끌며 유릭 옆으로 걸어갔다.

전사들은 쓰러진 유릭을 보면서도 현실을 믿기 힘들었다.

'유릭이 졌어.'

내심 아무리 불리해도 유릭이 이길 거라 생각했었다. 전사들에게 유릭은 불패의 상징이었다. 어떤 상황에서라도 유릭은 항상 승리하고 일어섰다.

푹!

사미칸이 양손으로 칼을 내리찍었다. 칼날은 유릭의 머리를 스쳐 가며 땅바닥에 박혔다. 사미칸은 칼자루에서 손을 떼며 마지막 힘을 짜내듯 목청을 높였다.

"나! 사미칸은 내 형제에게 자비를 베풀겠다! 이 자리에서 유릭의 목을 벤다면 우리는 결코 다가올 전쟁에서 이기지 못할 터! 다음 대족장은 누가 뭐래도 위대한 전사인 유릭이며, 그건 하늘의 뜻을 받든 사미칸이 보증한다! 형제여! 친애하는 전사들이여! 이제 눈을 뜨고 우리의 진짜 적을 볼 때가 되었다."

전사들이 웅성거렸다. 심지어 유릭의 파벌에 속한 전사들도 사미칸의 목소리가 귀를 기울였다. 사미칸이 수많은 전사 앞에서 유릭의 지위를 보장했다.

'사미칸이 죽으면 다음 대족장은 유릭이라고?'

사미칸이 권력이양을 공언했다. 유릭의 파벌에 속한 족장과 전사들이 대들 이유가 없었다. 사미칸이 오래 버티지 못할 거라는 건 이번 전투로 똑똑히 봤다. 사미칸의 입에서 쏟아진 피가 유릭이 흘린 피보다 더 많았다.

"대립은 끝이다! 무의미한 다툼은 오늘로 종식한다! 나 사미칸이 너희들의 창끝이 되겠다! 우린 하나의 길로 나아갈 것이다!"

말 그대로 피를 토하며 열변하는 사미칸의 목소리가 전사들의 가슴을 울렸다. 독이나 뭐니 하는 건 벌써 잊혀진 지 오래였다.

더군다나 사미칸은 유릭을 죽이지 않았고 후계자로 공언했다. 비록 연맹의 세력을 온전히 보존하기 위한 방책이었지만 분명 아량 넓은 행위였다. 이렇게 많은 부족장과 전사 앞에서 말한 내용이라면 아무리 권력을 휘어잡아도 뒤집지 못한다.

"끝, 끝장이다."

육손이는 두려움에 떨었다. 유릭이 패배했다.

'유릭은 죽지 않을지라도…… 내 목숨은 위험해. 내가 살아남으려면 어찌해야 하는 거지?'

조만간 사미칸이 어떤 핑계를 만들어서라도 육손이를 끌어내릴 터다.

유릭을 부축한 전사들이 벌벌 떠는 육손이를 지나쳤다. 유릭의 상처는 몹시 심각했다. 오른쪽 어깨 안쪽으로 깊게 베여서 쇄골까지 부러졌다.

유릭의 살리겠다는 사미칸의 말은 허언이 아니었다. 연맹의 내로라하는 치료사들이 유릭에게 달라붙어서 상처를 살폈다.

유릭은 그저 신음했다. 종종 눈을 떠도 열 때문에 제정신이 아니었다. 그가 정신을 차린 것은 사흘이 더 지난 뒤였다. 치료사들은 목숨을 건진 게 기적이라고 중얼거렸다.

Chapter 5

바다를 건너 비를 머금은 태풍이 동쪽에서 몰려오고 있었다. 비구름 폭풍은 아직 전조일 뿐이었다. 연맹군은 진로 방향을 틀어서 북동쪽으로 이동했다. 정면으로 태풍과 맞서 통과할 예정이었다.

휘이이잉!

바람이 심하게 불었다. 땅바닥 깊이 설치한 천막들조차 흔들렸다.

끼익, 끼익.

유릭은 말 네 마리가 끄는 이동감옥에 갇혀 있었다. 단단한 나무로 만든 창살의 간격은 유릭의 팔이 간신히 오갈 정도였다.

"비가 오겠군."

유릭이 중얼거렸다. 주변에 있던 전사들이 창살 위로 가죽을 얹어서 유릭이 비를 맞지 않도록 했다.

욱신.

유릭이 오른팔을 움직이다가 통증 때문에 이맛살을 찌푸렸다. 그는 얼굴을 감싸며 어깨를 들썩였다. 사미칸에게 패해 수감된 자신의 꼴이 한심했다. 며칠이 지나도 울적한 기분이 가시지 않았다.

유릭은 다음 전투까지 수감된다. 거기다가 사미칸이 다음 대족장으로 유릭을 지정했다. 유릭의 파벌에 속한 전사들도 그 말을 듣고는 납득했다. 상당히 관대한 처우였기에 반발도 없었다.

사미칸은 유릭을 죽이지 않았고 연맹의 분열도 막았다.

'굉장해, 사미칸. 나는 생각지도 못한 봉합법이었어. 이런 식으로 나를 쳐내고 연맹을 장악할 줄이야. 오로지 자신의 이름만을 남기기 위해 모든 걸 내던진 비수였어.'

유릭이 창살에 기대어 주변 풍경을 바라봤다. 비바람이 쏟아지기 시작하는데도 연맹군은 동쪽으로 걸었다.

'북동쪽으로 이동할 생각인가?'

남쪽으로 이동하던 연맹군은 진로를 틀었다. 저 멀리서 태풍이 보였다. 번쩍이는 우레가 지상을 때렸다. 눈으로 보고 한참 뒤에야 소리가 들렸다.

우르릉!

유릭은 눈을 깜빡였다.

'이젠 나도 지쳤어.'

사미칸에게 패했다. 유릭은 이대로 연맹이 사지로 들어가는 걸 볼 수밖에 없었다.

"나는 충분히 노력했어, 노력했다고."

유릭이 얼굴을 감싸며 중얼거렸다.

'나는 내 형제와 부족을 위해 최선을 다했다.'

부족장이 되고 싶어서 된 것도 아니었다. 그런 야망이나 욕망 따윈 없었다. 그는 그저 전사로서 살다가 죽고 싶었을 뿐이다. 성미에 맞지도 않는 정치와 권력다툼을 하며 수년을 살아왔다.

유릭은 단지 북부와 남부처럼 동포들이 제국의 노예가 되는 걸 참을 수 없었었다. 불의에 굴하지 않기 위해 심장이 움직이는 곳으로 향했었다. 그 선택의 결과가 지금이다.

"내가 얼마나 더 발버둥 쳐야 한다는 거지?"

대답은 없다.

상처가 따끔따끔하면서도 간질간질했다. 유릭은 답답한 붕대를 걷어버리고 자신의 상처를 손가락으로 긁어내고 싶었다.

으적.

유릭은 주술사에게서 받은 약초잎을 꺼내서 질겅질겅 씹었다. 통증이 가시면서도 감각이 예민해졌다. 주술사들은 이런 증상을 보고 영적 세계로 진입하는 거라 말했다.

똑, 똑.

유릭은 떨어지는 빗방울 하나하나를 구분할 수 있었다. 일정하게 떨어지는 빗방울 덕분에 유릭은 자신의 내면세계로 더 깊게 들어갔다.

'나는 그저 내가 보지 못했던 것들을 보고 싶었을 뿐이야.'

그래서 하늘산맥을 넘었다. 금기를 깨부쉈다. 부족에게 주어진 사후세계를 무너뜨렸다.

'문명세계……'

죽을 고비를 수없이 넘겼지만 유릭은 그 시절이 즐거웠다고 당당히 말할 수 있었다. 형제가 아닌 친구를 사귀었고, 다른 세계에서 살아왔음에도 서로의 가치관을 공유할 수 있는 사내들을 만났었다. 때론 전혀 다른 가치관을 가진 자도 만났다.

가능만 하다면 하늘산맥을 넘었던 그날로 돌아가고 싶었다. 무궁무진한 가능성과 미래가 유릭에겐 있었다.

유릭은 먹구름에 가려진 태양을 바라봤다.

"못할 건 없습니다. 모든 건 선택할 수 있어요."

고트발의 말이 떠올랐다. 유릭은 언제든 연맹과 부족을 떠날 수 있었다. 그는 지금까지 자신을 희생했다. 홀몸으로 고군 분투하며 외적들로부터 바위도끼 부족과 서부를 구했다.

'고트발의 말이 맞아. 난 선택할 수 있었어.'

떠나면 된다. 서부와 제국의 문제 따윈 알 바가 아니었다. 유 릭은 자신의 역할을 다했다. 남은 건 야망과 욕망이 있는 사미 칸에게 맡기면 된다.

아직 가 보지 못한 남부도 있으며 저 멀리 전설에나 나오는 동대륙도 있었다. 서부의 끝에서 동방신물이 나온 이유도 궁 금했다.

"난 언제든 떠날 수 있어……."

심장이 쿵쿵 뛰었다.

다른 삶의 방식도 있다.

유릭은 젊었다. 그는 상인이 될 수도 있고, 포를카나 왕국에 서 작위를 받아 편히 살 수도 있었다. 아니면 영지가 넓은 귀 족의 가신이 되어 수비대장이나 치안대장을 해도 된다. 유능 한 야만인 용병을 써줄 곳은 수두룩했다.

"하, 하하."

무거웠던 어깨가 홀가분했다. 짐을 벗어던진 기분이었다.

'빌어먹을, 사미칸. 그렇게 해먹고 싶으면 혼자서 다 해먹으라고. 내가 왜 갖고 싶지도 않은 권력을 두고 네놈과 다퉜던 거지? 응?'

머리가 맑았다. 모든 고뇌에서 해방된 듯이 자유롭다.

유릭은 자신의 앞에 놓인 수많은 길을 보았다.

"나는 선택할 수 있어."

유릭이 질겅질겅 씹던 약초를 삼켰다. 목구멍이 따끔따끔했다.

쿠르르룽!

벼락이 떨어진다. 번쩍임과 소리의 간격이 가까워졌다.

북부인은 울가로의 창을 벼락이라 일컬었다. 따사로운 태양빛과 평온을 상징하는 루와 달리 울가로는 태풍과 눈보라 같은 가혹한 환경으로 모습을 드러내는 신이다.

'어쩌면 죽을지도 모르는데 믿을 신조차 없군.'

유릭은 자신의 기력이 쇠한 걸 느꼈다. 패배는 유릭의 육체조차 갉아먹었다. 상처가 무사히 나을 거라는 자신이 없었다. 사미칸의 칼이 쇄골까지 닿은지라 운이 나쁘면 죽을지도 모른다.

질겅.

유릭이 약초를 뭉텅이로 꺼내 씹어 먹었다. 그가 부르르르 떨면서 눈을 까뒤집었다. 입가에서 침이 질질 흘러나왔다. 그대로 의식을 잃은 유릭은 밤이 저물고 나서야 눈을 떴다.

콰르룽!

유릭이 일어난 것도 천둥소리 때문이었다. 그는 입가에 흐르는 침을 닦았다. 낙뢰가 연거푸 떨어졌다. 유릭은 귀를 막고는 몸을 웅크렸다.

"끄으으."

약기운 때문에 천둥소리가 고막을 갉아 먹고 머릿속을 두드리는 느낌이었다. 극심한 두통 때문에 유릭은 눈을 뜨지 못했다. 천둥소리가 이렇게 고약할 줄은 상상도 못 했다.

유릭은 손가락을 목구멍에 집어넣고 과복용한 약초를 토해냈다.

"우웨에엑, 웨엑."

창살 근처를 지키던 전사들은 유릭의 행동에 이맛살을 찌푸렸다.

'대지의 아들이라 불렸던 전사조차 맛이 가버린 건가?'

전사들이 혀를 차며 유릭을 흘겨봤다. 거목 같은 전사일수록 한번 무너지면 쉽게 일어서지 못한다.

한껏 토해냈는데도 약기운이 유릭의 몸을 맴돌았다. 유릭은 게슴츠레하게 눈을 떴다. 눈을 깜빡이면 헛것이 보였다. 유릭의 창살 안으로 누군가 들어왔다.

"악귀가 되어 내 앞에 나타났군, 지즐. 역시 우리의 영혼이 갈 곳은 없었던 건가? 큭큭."

바위도끼 전 부족장 지즐이 유릭을 쳐다보고 있었다. 그는 유릭을 향해 검지를 뻗었다.

"난 너보다 훨씬 잘해냈어. 너 때문에 망해가던 부족을 살려냈다고. 너는 상상도 못 했을 연맹도 만들었지. 넌 날 탓할 수 없어, 등신아."

유릭이 혼잣말을 했다. 전사들은 유릭의 꼴을 보곤 고개를 절레절레 흔들었다.

"내게서 뭘 바라는 거야? 난 그저 인간일 뿐이야. 칼에 베이면 상처를 입고, 힘들면 좌절도 하는 인간이라고. 나보다 잘난 것도 하나 없는 것들이 왜 내게 그렇게 많은 걸 요구하는 거야? 왜?"

유릭이 왼손으로 주먹을 뻗었다. 지즐을 후려치자 환영이 안개처럼 흩어졌다.

쿠르릉!

유릭은 번개가 떨어진 방향을 쳐다봤다. 저 멀리서 어둠이 꿈틀거렸다.

어둠이 꾸물거리면서 형체를 이뤘다. 날개투구를 쓴 전사가 새파란 안광을 빛내며 유릭을 보고 있었다. 붉게 일그러진 입술이 흉포했다.

유릭이 이를 떨었다. 그는 창살을 지키는 전사를 불러 세웠다.

"고트발이라는 외팔이 태양사제가 있어. 이리로 불러줘. 지금 당장……."

사미칸의 전사가 머뭇거리다가 유릭의 초조한 표정을 보곤 고개를 끄덕였다. 사미칸에게 패했으나, 아직도 유릭은 연맹에서 가장 존경을 받는 전사였다. 그런 전사의 간절한 부탁을 거절할 수가 없었다.

고트발은 전사의 안내를 받아 빗줄기를 가로질렀다.

연맹의 야영지는 고요했다. 술을 마시는 자들도 애도하듯 침묵했다. 천막 한편에서는 유릭을 위해 봉기해야 한다는 말이 오갔다.

연맹의 미래를 생각했다면 이런 식으로 내분을 종결시키면 안 됐다. 벌어진 상처는 봉합했어도 안은 곪고 있었다. 언제 고름이 터질지 모르는 상황이었다.

'이런 불완전한 조직은 오래 갈 수 없어.'

고트발은 눈을 가늘게 떴다.

야만인들의 미래가 보였다. 사기가 떨어지거나 명분이 조금만 부족해도 와해될 집단이었다.

반면에 제국의 군대는 하나인 것처럼 움직인다. 단결력이야말로 제국군의 힘이었다. 그들은 욕망이 아니라 사명감으로 뭉친 군인들이다.

'다행인 것인가……. 하지만 이대로라면 많은 사람이 죽겠지. 약탈자든 제국군이든.'

고트발은 전사를 따라 유릭이 갇힌 창살 쪽으로 다가갔다. 창살에 기대어 늘어지듯 앉아 있는 유릭이 보였다.

"불렀다고 들었습니다, 유릭?"

고트발이 창살 바깥에서 유릭의 눈동자를 바라봤다. 유릭의 흐린 눈동자가 어둠을 응시하고 있었다.

"고트발……. 너는 울가로를 알고 있나?"

유릭이 불안한 목소리로 말했다.

"알고 있습니다. 전쟁을 관장하는 북부의 신이죠."

고트발이 창살을 붙잡았다. 나무의 결이 단단했다.

"그 울가로가 나를 집으러 오고 있어."

유릭이 입술을 파르르 떨었다. 고트발은 고개를 갸웃하며 창살 사이로 손을 뻗어서 유릭의 팔을 잡았다.

"그게 무슨 소리입니까?"

"늘 나를 지켜보고 있었지. 울가로는 내 영혼을 가져갈 순간을 노리고 있었어."

"……루를 버리고 울가로를 믿었습니까?"

유릭이 고트발을 잠시 바라보더니 고개를 저었다.

"믿은 적은 없어. 하지만 울가로의 도움을 몇 번 받았지. 가끔씩 내 앞에 나타났어."

"신을 보았군요."

고트발이 침음하며 자신의 턱을 매만졌다. 근래 면도를 하지 못해 까칠하게 수염이 자라 있었다.

"지금까지 지켜만 보던 울가로가 내 영혼을 거두러 오고 있는 거야. 난 놈에게 빚을 지고 있었지."

"유릭, 당신이 신을 볼 수 있었다면 그건 신과 가까운 존재라는 증거입니다. 그 힘으로 저항하세요."

고트발은 유릭의 동작과 눈빛을 읽었다. 죽음에 가까워진 기사나 병사들의 반응과 비슷했다.

"넌 내가 선택할 수 있다고 말했어."

"우린 늘 선택할 수 있습니다. 제가 이렇게 당신을 따라나선 것처럼요."

포교는 태양교 성직자의 의무다. 하지만 침략자인 야만인 무리에 자진해서 합류한 간 큰 사제는 고트발뿐이었다. 사람들은 미친 짓이라 말했지만 고트발은 옳다고 믿는 일을 선택했다.

'내가 유릭을 만난 것은 우연이 아냐. 모든 건 루가 이끈 것이다. 유릭은 신들의 사랑을 받고 있어. 신들이 유릭의 영혼을 두고 다투고 있지.'

유릭의 영혼은 울가로에게 끌려가고 있었다.

"유릭, 당신은 루를 버렸다고 말했지만 신은 버릴 수 있는 존재가 아닙니다. 세례를 받은 그 순간부터 당신은 언제나 루의 아들이었습니다. 루는 당신을 외면한 적이 없습니다. 햇빛은 울가로의 천둥과 어둠처럼 강렬하진 않지만 항상 우리를 비추고 있지요."

고트발은 자신의 사명을 깨달았다. 성직자는 신의 대리자이다.

"울가로는 인간이었습니다. 죽어서 갈 곳을 찾지 못한 악귀지요. 북부인은 위대한 인간을 신으로 모셨을 뿐입니다. 울가로를 따라가면 똑같이 악귀가 될 뿐입니다. 여명이 올 때까지 버티세요, 유릭."

"그래, 악귀라면 나도 잘 알지. 지금 내 눈앞에도 있는걸. 나를 원망하고 있어."

유릭은 창살 구석에 기대어 있었다. 마치 창살 안에 다른 사람이 있는 것처럼 움직임이 불편했다.

'도대체 유릭은 뭘 보고 있는 거지?'

고트발은 자신의 태양 목걸이를 꺼내서 유릭에게 넘겼다.

짤랑.

태양사제의 목걸이는 귀한 보물이었다. 이름 높은 성직자의 유품 목걸이는 축복이 깃들었다며 높은 가격으로 귀족들에게 팔려갔다.

"루가 좀 더 당신을 잘 볼 수 있을 겁니다."

유릭이 태양 목걸이를 움켜잡으며 고트발을 바라봤다. 고트발 뒤에 있는 횃불이 일렁거리면서 눈이 부셨다. 그 빛이 갈라지듯 무지개색으로 반짝였다.

"내 눈앞에 있는 악령의 이름은 지즐이야."

유릭이 공허하게 읊조렸다.

"지즐?"

"선대 부족장이지. 멍청하고도 무능한 놈이었어. 아니, 그렇게까지 바보는 아니었지. 하지만 자신의 역량을 제대로 보지 못했어. 그 우둔함이 부족을 위기로 몰아갔지. 나는 다른 사람들을 위해 부족장이 되었어. 이런 자리는 원하지도 않았지. 어릴 때부터 어른들은 내가 부족장이 될 거라 말했는데, 그게 사실이 되었어. 지즐이 날 경계하고 싫어했던 이유가 현실이 된 거지."

주술사 노파는 유릭이 빛의 전사라고 말했다. 위대한 전사가 될 거라 떠들고 다녔다. 어른들은 유릭이 비범한 사람이 될 거라 수군거렸다.

"그게 운명과 선택입니다, 유릭. 우린 루의 곁에서 정화되어 누군가는 왕과 귀족으로 태어나고, 어떤 이들은 노예나 야만인으로 태어나지요. 루가 부여한 운명과 의무인 겁니다. 루의 뜻에 따라 왕족으로 태어난 자는 그에 의무를 수행하지요. 누구나 자신의 역할을 루에게서 부여받습니다. 제가 성직자이고 당신이 야만인의 부족장인 것처럼요."

"그럼 지금 날 고통스럽게 하는 것도 운명이란 건가?"

"그런 고통에는 이유가 있습니다. 당장 우리의 눈으로 보지 못할 뿐이죠."

운명이라는 단어가 무섭도록 두렵게 다가왔다. 항상 따스하던 고트발의 눈동자가 차갑게 느껴졌다.

"유릭, 하지만 루가 부여한 운명과 삶에서 우린 선택할 수 있습니다. 당신은 자비를 베풀 수도 있고, 공포를 휘두를 수도 있죠. 지금까지 얼마나 많은 공포를 휘둘렀고, 자비를 베푸신 겁니까?"

"……고트발, 내가 널 찾은 이유는 이런 선문답을 하고 싶어서가 아니야. 날 도와줘."

유릭이 창살을 집으며 얼굴을 가까이 내밀었다. 흉터로 가려졌던 청년의 얼굴이 드러났다. 위대한 전사, 대지의 아들, 바위도끼의 부족장. 유릭을 가리키는 말은 많았다.

하지만 그 안에 있는 청년을 봐주는 사람은 없었다.

"물론이죠. 저는 당신을 돕고 싶습니다."

"네 말대로 자비와 사랑을 베풀면서 살겠어. 무기를 놓는 것도 나쁘지 않겠지. 루는 전사를 좋아하진 않잖아. 내가 하고 싶은 일은 이런 게 아니었어. 난 그저 저 너머에 무엇이 있는지 궁금했던 거야. 그저 모르는 것을 알고 싶었고, 보지 못한 것을 보고 싶었을 뿐이지. 난 지금까지 잘못된 선택을 하고 있었어. 이제 바로잡을 때지."

유릭의 말을 듣던 고트발의 눈동자가 가늘어졌다.

"그게 당신의 선택입니까?"

"너의 축복과 가호를 받고 싶어. 지금까지 나는 수많은 사람을 만났지만 다른 삶을 살 수 있다고 말해준 사람은 너밖에 없었어. 다들 내게서 전사의 힘과 용맹만을 요구했지."

유릭은 지쳤다. 젊은 전사인데도 평생을 전장에서 살아온 노기사처럼 피로했다. 그는 비에 젖은 얼굴을 들며 고트발의 반응을 기다렸다.

"저는 당신의 선택을 존중하겠습니다. 모든 사람이 야유하고 비난하더라도요. 하지만 그건 선택일 때를 말하는 겁니다. 지금 당신은 용기 있는 선택을 한 겁니까? 아니면 두려워서 도망을 가고 있는 겁니까?"

유릭의 동공이 크게 떨렸다. 천둥이 친다. 굉음 때문에 머리가 아팠다. 유릭은 구역질을 삼키며 이를 드러내며 다시 한번 말했다.

"……내 선택이야."

"저는 이곳의 사람들이 당신에게 의지하는 걸 봤습니다. 지금 이 순간까지도 당신이 일어설 거라 믿고 있더군요."

"나는 충분히 했어."

"충분히 했다는 건 이 세상에 없습니다, 유릭. 해냈느냐 못했느냐만 있을 뿐이죠."

"너조차 날 탓하는 건가?"

유릭이 사납게 눈을 부릅떴다. 창살 사이로 팔을 뻗어 고트발의 멱살을 잡았다.

"당신은 언제든 선택할 수 있습니다. 다른 길이 있지요. 하지만 지금까지 선택에 대한 책임을 져야 합니다. 누구나 말이죠……. 부족장이 되고 싶지 않았다면 왜 된 겁니까? 지금 왜 당신은 저들의 존경을 얻는 전사가 된 거죠?"

"닥쳐."

"새로운 시작과 선택을 하려면 그 전의 일을 매듭지어야 합니다, 유릭. 제가 보기에 그저 꼬여 버린 상황을 내팽개치고 도망가고 싶어 하는 기로밖에 보이지 않는군요."

"죽여 버리기 전에 입 다물어."

유릭이 손끝을 뻗어서 고트발의 목을 잡았다.

"그게 당신의 선택이라면 기꺼이 죽겠습니다. 제 의무는 루의 가르침을 전파하고 옳은 길로 남들을 이끄는 겁니다. 저는 당신처럼 의무와 책임에서 도망가지 않습니다. 때론 죽음보다 더 무서운 게 의무와 책임이지요. 하지만 도망가선 안 됩니다…… 끄, 읍."

유릭이 힘을 세게 줬다. 고트발의 목구멍이 좁아졌다.

명예를 아는 사람에게 의무와 책임은 죽음보다도 더 무섭다. 그 무서움을 알기에 사람들은 의무와 책임을 피해 죽음으로 도망가기도 한다. 자신에게 주어진 사명을 다하지 못했다는 좌절과 고통은 무거운 짐이다.

"커, 컥. 도망간다고 자유로워지지 않습니다."

"닥치라고 했지!"

유릭이 손만으로 고트발을 들어서 내던졌다. 여전히 무지막지한 힘이었다.

"쿨럭."

진흙탕에 처박힌 고트발이 기침을 하며 입안에 들어간 오물을 내뱉었다.

유릭은 멍하니 자신의 손을 바라봤다. 떨어지는 빗물이 피처럼 붉게 보였다.

−유릭, 너 역시 책임과 의무를 다해라. 이제 넌 부족을 버려선 안 돼.

지즐이 나타나 속삭였다. 그의 유언이 유릭의 귓가에 맴돌았다. 지즐은 온갖 악재와 비난에 시달리면서도 의무와 책임으로부터 도망가지 않았다.

"울가로는 전사의 신이네."

스벤의 말이 들렸다. 고지식한 북부인이었다. 민족과 종교도 포기하지 않고 굳건히 자신의 신념을 지키다 죽었다.

"울가로여."

루를 배신하고 울가로를 믿은 검귀 페르젠은 평생을 고통과 저주 속에서 살았다.

전사는 지키기 위해 고통을 인내하는 자다. 삶은 고통이라는 걸 서부의 전사들은 알고 있다. 허덕이고 굶주리며 고통스럽게 살아가는 게 삶이다. 힘겹게 걷기를 버텨내도, 다음의 걷기가 있다는 걸 안다. 단지 가끔씩 찾아오는 달콤한 시간에 위안을 얻을 뿐.

유릭의 육체는 강인했다. 신의 축복을 받은 듯이 강건한 신체였다.

그래서 그는 진정한 의미의 고통과 인내를 경험하지 못했다. 패배하고 밑바닥에 떨어져 가면서 악착같이 뒹구는, 그런 선택받지 못한 자들의 고통을 몰랐다.

유릭에게 자신의 강함은 당연했고, 싸워 이기는 건 자연스러운 것이었다. 똑같이 뛰어다니며 칼을 휘둘러도 남들보다 뛰어났다. 단순히 노력만으로 설명할 수 없는 축복이다.

그러나 대부분의 사람은 실패하고 좌절한다. 사람은 어리석게도 누구나 분수에 맞지 않는 욕망을 가슴속에 품고 산다. 더 나은 삶과 가지지 못한 것을 탐한다. 수없이 넘어지고 엎어지면서도 그 욕망으로 일어선다.

'고래사냥을 하던 바크만……'

유릭의 친구이자 용병단의 형제였던 바크만은 자신의 생명이 끝나는 날까지 무엇 하나 쟁취하지 못하고 죽었다. 그는 유릭처럼 타고난 힘도 없었고, 왕족이나 귀족처럼 고귀한 출생도 아니었다. 평범했던 바크만은 그래서 귀족과 왕족을 질시하며 부러워하다 죽었다.

'왕족이었던 다미아 공주.'

여자로 태어났기에 자신의 왕재를 인정받지 못했다. 쌍둥이 형제를 질투하고 사랑했던 그녀는 뒤틀린 삶을 살다가 자신이 두려워했던 최악의 파국을 맞이했다.

'삶과 신념이 부정당한 스벤.'

그럼에도 스벤은 자신의 신념에 따라 인생을 지켜갔다. 평생을 믿고 따른 가치관을 온 세상이 부정하는데 그는 꿋꿋하게 살아갔다. 설사 자신이 걷는 길이 내리막길일지라도 멈추지 않았다.

유릭이 올라온 길의 밑에는 실패한 사람들로 가득했다. 유릭은 언제나 승리했고 실패한 사람들을 내려다봤다. 잘난 것처럼 그들에게 조언하며 자신의 강인함을 당연하듯 남에게도 요구했다.

모두가 유릭처럼 강할 순 없었다. 세상의 풍파에 맞서 꺾이지 않는 강함을 가진 사람은 없었다.

'파헬, 너는 정말 대단한 녀석이었구나.'

왕이 된 파헬과 죽어버린 뚱보 빌케르가 떠올랐다.

파헬의 고뇌는 나약한 사람의 투정이 아니었다. 몇 번이나 실패하고 좌절하고 잃어버리면서도 파헬은 앞으로 나아갔다. 누이의 배신이 가슴을 찔러도 왕의 책임과 의무를 잊지 않았다.

뚱보 빌케르는 자신의 능력에 걸맞지 않은 위치를 강요받았다. 아무리 노력해도 해낼 수 없는 의무와 책임이 어린 소년에게 얼마나 무거웠을까?

"아, 으아아아……."

유릭은 손톱으로 바닥을 긁으며 짐승처럼 낮게 신음했다. 파헬의 나약함을 탓했던 자신과 빌케르의 우둔함을 속으로 비웃으며 이용했던 자신이 떠올랐다.

사미칸의 승리 밑에는 유릭의 패배가 깔려 있었다. 유릭은 처음으로 패자의 입장에 서서 승자를 바라봤다.

"패했으니까 이제 도망가서 편안한 삶을 살아야지라니? 미친 거냐? 유릭."

유릭이 나무창살에 머리를 찍었다. 전사들은 드디어 유릭이 미쳤다며 수군거렸다.

쿠르릉!

번개폭풍이 가까워졌다. 야영지의 전사들이 웅크리며 폭풍이 지나가길 기다렸다. 그들은 천둥번개가 높은 곳과 쇳덩어리를 향해 떨어진다는 걸 경험적으로 알고 있었다.

고트발은 창살에 머리를 찍는 유릭을 보며 허겁지겁 달려왔다. 자해하는 그 모습에서는 광기가 번들거렸다.

비와 번개가 연맹군을 강타했다. 거친 비바람에 고트발의 옷자락이 날아오를 것처럼 치솟았다.

뚝, 뚝.

유릭은 피를 흘리며 고개를 들었다. 이마가 까져서 붉은 살이 드러났다. 샛노란 안광이 꿈틀거리는 어둠을 찾아 번들거렸다.

"지, 내게 얼마든지 소언해라, 망할 망령아. 지금이 바로 그때다."

어둠을 이끌며 다가오던 날개투구의 전사가 어둠 속으로 뒷걸음질 치며 스며들었다. 어슴푸레한 그림자와 흐릿한 푸른 안광만이 유릭을 응시했다.

끼이익.

날개투구의 전사가 손가락을 들어 하늘을 가리켰다. 바람 소리가 울가로의 외침처럼 길게 찢어졌다.

번개폭풍 때문에 전사들이 창을 바닥에 내려놓았다. 그러나 좀 전의 바람이 어찌나 센지 땅바닥에 버려둔 창들이 들썩이며 위로 쓸려갔다. 공중에 뜬 무기와 잡동사니 때문에 다치는 전사들이 생겼다.

고트발이 하나 남은 팔로 머리를 보호하다가 눈을 크게 뜨며 소리를 질렀다.

"유릭!"

바람에 쓸려온 창 한 자루가 유릭이 갇힌 창살 안으로 파고들었다.

푹!

창날은 유릭의 가슴을 파고들었다. 웅크리던 전사들이 벌떡 일어나 유릭을 바라봤다. 유릭이 죽었을 거라 생각했다.

뚝, 뚝.

창날에서는 유릭의 피가 떨어졌다. 유릭은 본능적으로 다친 오른팔을 들어서 창날을 잡았다. 유릭의 가슴팍은 피부만 찢어져 있었다. 오히려 무리하게 움직여서 오른 쇄골의 상처가 벌어진 게 더 심각했다.

"무기를 이리 던지시오, 유릭."

전사들이 창살 안에서 무기를 얻은 유릭을 경계하며 말했다. 아직도 번개폭풍이 지나가지 않아서 다들 허리를 엉거주춤하게 세웠다.

쿠르릉!

유릭은 소리를 들으며 하늘을 바라봤다. 그는 위로 뚫린 창살 사이로 창을 들어 올렸다.

"뭐, 뭐 하는 거요!"

전사들이 당황해서 외쳤다.

유릭은 웃으며 그들을 바라봤다. 그러나 서서히 유릭의 웃음이 경직되었다.

"제길."

아무런 일도 일어나지 않았다. 번개폭풍이 연맹군을 벗어났다.

"하, 하하, 도대체 뭘 한 거요?"

전사들이 하나둘씩 등과 허리를 펴며 웃었다. 유릭의 얼굴이 붉게 변했다.

'날 가지고 논 거냐, 빌어먹을 울가로.'

태풍의 끄트머리가 연맹군 위로 옅은 비를 뿌리며 지나갔다. 그러나 아무도 예상치 못하게 떨어진 번개 한 줄기.

쿠릉!

전사들이 소리를 들었을 때는 이미 떨어진 후다.

치이이익!

창살은 불타고 있었다. 불꽃과 연기로 자욱한 그곳에 검은 그림자가 흔들렸다.

콰드득!

육중한 주먹이 반쯤 타버린 창살을 부쉈다. 주먹의 주인인 사내가 입을 벌리자 새카만 연기가 흘러나온다. 빠직거리는 잔류가 금속 장신구를 타고 튀었다.

연기를 뚫은 팔뚝 하나가 먼저 보였다. 오른 팔뚝에는 번개 자국 화상이 선명하게 부어올랐다.

"…신이란 정말 괴팍하군, 고트발."

연기가 그을린 근육을 타고 뒤로 넘어갔다. 유릭이 부서진 창살에서 걸어 나왔다.

Chapter 6

사미칸의 천막은 며칠째 불이 꺼지지 않았다. 태풍이 지나가는데도 천막 안에는 열기로 가득했다. 주술사들이 삐질 땀을 흘리며 사미칸의 팔다리를 잡았다.

뿌드득.

사미칸이 어금니를 깨물었다. 이가 깨지는 소리가 났다. 그의 몸이 크게 들썩이며 주변의 치료사들을 후려쳤다.

"카악!"

치료사들을 이끄는 주술사가 소리를 내질렀다.

"대족장의 입을 열어라!"

주술사가 끓인 탕약을 들어 올렸다. 치료사들은 황급히 사미칸의 턱을 붙잡았다.

우득!

사미칸이 치료사의 손가락을 물어뜯어서 내뱉었다. 손가락이 끊어진 치료사가 비명을 지르며 뒤로 물러났다.

"대족장! 정신을 차리시오!"

사미칸의 얼굴 혈관들이 터질 듯이 부풀었다. 그야말로 뼈가 삭는 고통이었다. 숨을 쉬는 것조차 괴로운데 온몸에서 불이 붙은 것 같았다.

쿠르릉!

사미칸의 천막에서는 폭풍이 지나가는 것 따윈 사소한 일이었다. 사미칸의 발버둥에 뼈가 부러지는 치료사들이 다반사였다.

'여기서 약을 더 쓰면 죽을 터다.'

지금 사미칸에게 통증과 고통을 가라앉히는 약은 쓰지 못한다. 그걸 과복용했기에 저런 꼴이 된 셈이다. 유력과 싸우고 나서도 목청이 터져서 소리를 내질렀다. 안 그래도 망가진 폐가 갈기갈기 찢어졌음이 분명했다.

"쿨럭, 쿨럭."

사미칸이 토해낸 피가 한 바가지였다. 그는 몽롱한 정신으로 자신을 치료하는 사내들을 바라봤다.

'난 여기서 죽지 않는다.'

무엇 때문에 여기까지 온 것인가.

사미칸은 과거를 생각했다. 그는 총명하고 뛰어난 전사였다. 자연스레 장성해서 부족장이 되는 게 당연했다. 푸른안개부족에는 사미칸에게 대적할 만한 사내가 없었다.

'노아, 노아 아르텐.'

사미칸이 위로 손을 뻗었다. 노아는 그가 유일하게 모든 걸 터놓을 수 있는 자였다. 진정한 의미로 친구이자 형제였던 사내다.

산맥 너머에서 온 노아를 통해 사미칸은 정복자의 야망을 키워갔다. 문명세계의 군사지식을 통해 세력을 키워 나갔다.

'……멋진 나날이었다.'

사미칸은 승리만을 거듭했다. 주변의 부족을 복속시키고 하나의 세력으로 키워갔다. 달이 바뀔 때마다 사미칸의 명성은 더 높아만 갔다. 어느새 하늘산맥 주변의 부족을 통합해 연맹이란 세력으로 만들었다.

'난 왜 거기서 만족을 못 했던 건가…….'

당시의 사미칸은 뭐든 할 수만 있을 것 같았다. 세상에 두려운 것이 없었다. 산맥 너머의 제국이란 존재조차 우습게만 보였다.

'만족할 수 있을 리가 있나!'

사미칸이 눈을 부릅떴다. 그가 가진 것에 만족하는 소인이었다면 애초에 주변 부족을 지배하지도 않았을 것이고 연맹을 만들지도 못했을 것이다.

'난 더 많은 것을 가지고 손에 넣는다. 불멸조차 내 것이다.'

인간의 몸으로 불멸을 쟁취하지 못한다. 남는 건 업적을 이룬 이름뿐이다.

"나…… 나, 나."

사미칸이 헛바람을 집어삼키며 숨을 내뱉었다. 혀가 바들바들 떨렸다. 그의 몸이 크게 들썩였다.

"…나는 사미칸…… 이다…."

사미칸이 벌게진 얼굴로 상체를 세웠다. 그가 주술사를 향해 손을 뻗었다.

"나, 나를 치료, 해라."

사미칸이 더 이상 난동을 피우지 않았다. 고통이 가라앉은 건 아니었다. 그저 초인적인 인내심으로 모든 발작을 억눌렀다. 악다문 턱이 간헐적으로 떨렸고, 혈관들이 터져서 피부 여기저기에 멍이 피어올랐다.

'차라리 죽는 게 나을 고통이겠군.'

주술사가 앉아 있는 사미칸을 바라보며 탕약을 건넸다.

"대족장, 요양하지 않으면 목숨이 위험할 겁니다."

"후계자는 이미 지정했다. 내 목숨은 신경 쓰지 마라. 죽는 날까지 몸만 움직이면 된다."

사미칸이 탕약을 단번에 들이켰다.

"정말이지, 구정물 같군."

사미칸의 상태는 호전되었으나, 죽을 것 같은 상태에서 중상자가 된 수준이었다.

'제때 잘만 쉬었으면 이렇게 나빠질 부상은 아니었거늘.'

사미칸을 치료한 주술사가 혀를 찼다. 그는 육손이가 물러나면 연맹의 제사장을 맡을 예정이었다.

"대족장, 약속은 지키셔야 합니다."

"걱정 마라. 육손이는 자신의 자리를 지키지 못할 터."

사미칸은 자신이 죽기 전에 육손이의 지위를 박탈하고 죽일 생각이었다. 생각해 보면 육손이가 유릭에게 바람을 넣은 탓에 이런 꼴이 되었다. 유릭 혼자서는 쉽게 반기를 들지 못할 터다.

'유릭은 자신의 욕망보다 부족의 안위와 형제들을 먼저 생각한다……'

유릭은 도리에 맞지 않는 짓을 하지 못한다. 아무리 머리가 좋고 뛰어난 인재라도, 성정이 전사로서 너무나 올곧았다. 사미칸은 형제의 서약을 맺은 유릭을 먼저 공격할 수 있지만, 유릭은 결코 그런 짓을 하지 못했다.

'자신의 이익보다 신념을 우선시하지. 그게 네 한계다, 유릭.'

사미칸이 보기에 지금의 결과는 뻔한 결말이었다. 정직한 사람은 비열한 사람을 이기지 못한다. 지극히 상식적인 일이다.

'날 추하게 만든 네게 경의를 표하지.'

추할 정도로 비열한 수를 써서 유릭을 제압했다. 함정을 만들고 독을 썼다. 머리가 있는 사람이라면 사미칸이 정당하지 않은 수를 썼다는 걸 알 터다.

그러나 당장 사미칸에게 뭐라 말할 수 있는 사람은 없다. 지금은 전쟁 중이었고 내분이 일어나면 모두가 끝장이다. 다른 전사와 부족장들에게는 미래가 있었다. 이번 전쟁이 인생의 마지막인 사미칸과는 처지가 달랐다.

다들 사미칸이 죽기만을 기다리며 숨을 죽었다.

'놈들이 날 어떻게 생각하든 상관없다.'

사미칸이 고개를 들었다. 단 한 번의 승리면 충분하다. 제국의 심장을 찌르기만 한다면 사미칸은 전설이 된다.

고양감이 들끓었다. 죽어가는 몸이 꿈틀거렸다.

쿠르릉!

천둥과 휘몰아치던 바람이 점차 잦아들었다. 바깥에서는 꽤나 소란이 일었다.

"충분한 휴식을 취하시지요, 대족장."

주술사가 마지막까지 당부했다. 육손이를 제거하기 전에 사미칸이 죽으면 그도 곤란했다.

사미칸은 뺨은 며칠 사이에 더 앙상해졌다. 그는 유릭과 싸운 이후로 처음으로 기절이 아닌 잠이 들 수 있었다.

"대족장!"

바깥의 전사가 사미칸을 불렀다. 막 잠에 빠지려던 사미칸이 눈을 번쩍 떴다. 그는 짜증 하나 내지 않고 칼과 도끼를 챙기곤 바깥으로 나갔다.

"무슨 일이더냐."

"유, 유릭이 풀려났습니다!"

그 말이 사미칸이 인상을 찌푸렸다.

"빈린인가? 주동자는?"

봉기할 만한 부족장과 주요인물을 전부 감시 아래에 뒀다. 불온한 행동을 보이면 바로 죽일 생각이었다. 유릭을 지지하던 부족장들도 그걸 알기에 입을 다물고 침묵했었다. 유릭 파벌은 기회가 오기만을 기다리고 있었다.

"그, 그게……."

전사는 뭐라 말을 하지 못했다. 그도 보고를 듣고 믿기 힘들었다.

사미칸이 전사를 재촉했다. 전사가 뭐라 말하기도 전에 쩌렁쩌렁한 목소리가 야영지 전체에 퍼졌다.

"사미이이이카아아아안-!!"

낯익은 포효였다. 우렁찬 목소리가 태풍의 잔재 같았다.

"유릭……."

사미칸이 이를 드러냈다. 깨진 이와 허물어진 잇몸 때문에 흉측했다.

전사들이 모여들었다. 그들 사이를 헤치고 유릭이 걸어 나왔다. 아직도 몸에서는 모락모락 연기가 솟아올랐다. 사납게 뻗친 머리카락은 푸석푸석했다.

"저 꼴은…… 번개라도 맞은 건가?"

"벼락이 대지의 아들을 해방했소."

"진짜 하늘의 뜻을 받든 자가 누군지 이제야 알았지."

전사들이 웅성거렸다. 사미칸의 충실한 전사들조차 유릭을 붙잡지 못했다. 유릭이 풀려난 건 단순한 반란이 아니었다.

'하늘의 뜻.'

그렇게밖에 해석되지 않았다.

유릭이 갇혀 있던 창살은 번갯불에 타버렸다. 인간의 힘이 아니라 하늘이 유릭을 해방시켰다.

그 누구도 하늘을 등에 업은 유릭의 앞길을 가로막지 못했다. 신화에 대한 믿음이 옅은 전사들조차 그 위엄에 고개를 숙였다.

유릭이 가는 방향으로 길이 열렸다.

"후우."

유릭이 새카만 숨을 내뱉었다. 그의 발걸음은 술에 취한 사람처럼 비틀비틀 흔들렸다. 오른쪽 동공은 빛을 잃어서 초점이 흐렸다. 번개줄기 화상을 입은 오른팔은 가만히 있어도 파들파들 떨렸다.

"번개를 맞고도 살아남았어."

"맙소사……. 유릭."

유릭은 느릿하게 고개를 들었다. 저 멀리 서 있는 사미칸이 보였다.

"도끼."

유릭이 아무렇게나 손을 뻗으며 말했다. 누구 먼저 할 것 없이 유릭에게 발밑에 도끼를 던졌다. 유릭은 왼손으로 도끼 하나를 주워서 가볍게 돌렸다.

"참으로 집요하구나, 유릭."

사미칸이 점점 다가오는 유릭을 보며 말했다. 이미 구경꾼은 충분히 모였다. 그들이 바라는 건 결투다. 다시 한번 기회를 얻은 유릭이 사미칸에게 도전장을 내밀었다.

"독을 쓰고 이긴 게 아니라면 다시 한번 유릭을 쓰러뜨려 증명해 보시오! 사미칸!"

군중 속에서 누군가가 외쳤다. 그 말에 호응하는 전사들이 팔을 들며 소리를 내질렀다.

키이이잉.

사미칸이 칼을 뽑으며 앞으로 나왔다. 그도 걸음이 엇갈리며 몇 번이나 넘어질 뻔했다. 사미칸과 유릭도 원래 역량에 비해 터무니없이 약해졌다. 열 살짜리 어린애를 상대로도 겨우 이길 듯했다.

하지만 전사들은 숨을 죽이며 두 사람을 지켜봤다. 그들은 신화가 될지도 모르는 장면을 두 눈으로 보고 있었다.

"사미칸이 비겁한 짓을 저질렀기에 하늘이 다시 유릭을 내

보냈다!"

적막을 깨고 표독스러운 목소리가 들렸다. 육손이가 지팡이로 땅을 쿵쿵 내려치며 소리를 질렀다. 그는 거의 악을 쓰다시피 하며 유릭의 정당성을 주장했다.

"한때 대족장 사미칸은 창천의 가호를 받았으나, 자신의 부도덕한 행동으로 그 가호를 잃었도다! 창천의 가호를 잃은 자가 어찌 연맹을 이끌겠는가!"

육손이는 대놓고 사미칸에 대한 비난을 퍼부었다. 지금까지 공적 자리에서 이런 행동을 한 사람은 없었다. 모두가 사미칸을 두려워했기 때문이다.

'어차피 유릭이 이기지 못하면 나도 죽는다.'

육손이가 땀을 뻘뻘 흘리며 사미칸을 바라봤다.

'육손이는 잔챙이다. 지금 이 자리에서 유릭을 꺾으면 된다.'

사미칸은 화를 삭이며 유릭에게 집중했다.

"위대한 전사, 대지의 아들 유릭의 팔을 보라! 하늘의 분노가 그의 오른팔에 깃들었다! 저 번개자국이야 말로 천벌의 대리자이라!"

육손이는 끝까지 울부짖었다. 유릭의 오른팔은 번개 모양의 화상이 있었다. 번개자국은 팔뚝을 타고 잔줄기가 어깨까지 뻗어 있었다.

유릭은 번개를 맞고도 살아남았다. 그건 현실이다.

압도적인 현실 속에서 전사들은 하늘의 신성함을 다시 한 번 깨달았다. 세상만사는 결국 하늘의 뜻. 삶과 죽음은 인간의 노력을 넘어서 하늘이 관장한다. 건기만이 계속된다면 그 누구도 살아남지 못한다. 삶이란 하늘에 내려준 것이다.

'오른쪽 눈이 보이지 않아.'

유릭이 팔을 뻗으며 거리를 가늠했다. 외눈에 익숙지 않아서 거리 감각이 희미했다.

'오른팔도 지금 쓰긴 글렀고.'

쇄골이 부러진 오른팔로 무기를 휘두르기도 힘들었다. 유릭은 왼손만 쓸 수 있었지만 개의치 않았다. 그는 쌍수무기를 쓰는 전사였고 왼손도 자유자재로 쓸 줄 알았다.

"사미칸은……."

육손이는 사미칸을 계속 비난했다.

휘릭.

사미칸이 자신의 도끼를 육손이의 머리를 향해 던졌다. 도끼가 육손이의 지팡이에 박혔다.

"시끄럽다, 육손이. 누가 천명을 받들고 있는지는 나와 유릭이 증명할 터다. 거짓부렁이를 쏟아내는 입을 다물어라."

사미칸이 칼을 양손으로 잡았다. 한손으로 무기를 휘두를 기력조차 없었다.

저벅.

유릭과 사미칸이 가까워지자 주변의 전사들이 원을 그리며 공간을 만들었다.

"나 바위도끼 부족의 유릭은 대족장 사미칸이 연맹을 이끌 자격이 없다고 생각해 결투를 신청한다. 무기를 들어라, 사미칸. 마지막은 전사답게."

그 말을 들은 사미칸이 어깨를 들썩이며 웃었다.

"그래, 마지막은 전사답게…… 날붙이와 피로 증명하지."

비틀거리는 날붙이가 부딪친다. 사람이 무기를 휘두르는 게 아니라, 무기에 사람이 끌려다니는 듯했다.

유릭과 사미칸은 몇 번이나 쓰러지고 넘어지면서도 꾸역꾸역 다시 일어났다. 휘두른 도끼와 칼날에는 힘이 없어서 치명상을 주지 못했다.

캉!

쇳소리가 묵직하게 났다. 유릭이 이를 악물며 왼쪽 어깨로 사미칸을 밀었다. 사미칸은 비틀거렸고, 유릭은 도끼를 크게 휘둘러 원심력으로 사미칸의 머리를 쪼개려고 했다.

"아, 아아아아!"

유릭이 소리를 지르며 팔을 길게 휘둘렀다.

카- 앙!

사미칸이 필사적으로 칼날을 양손으로 붙잡아 들었다. 다시 한번 쇠가 부딪쳤다. 궤도가 엇나간 도끼가 사미칸의 옷자락을 옅게 찢고 지나갔다.

"하아."

유릭이 단내를 내뱉으며 사미칸을 걷어찼다. 얻어맞은 사미칸이 땅바닥을 굴렀다.

누가 이길지는 보는 전사들도 예상하기 힘들었다. 사미칸은 다 죽어가는 노인네처럼 허약했고, 유릭은 중상에다가 벼락을 맞은 몸이었다. 당장 움직이는 것조차 버거운 두 사람이 싸우고 있다.

두 사람의 생각과 목적은 달랐지만, 그들은 초인적인 집념을 지닌 자들이었다. 지켜보던 전사들은 그 위압감에 숨을 조심스레 삼켰다.

"이제 그만 죽어라, 유릭. 내 자비를 걷어찬 건 다름 아닌 너다."

사미칸이 어깨를 늘어뜨리며 일어섰다. 그는 다시 칼을 똑바로 잡았다. 전투에서 입은 큰 부상이 없는데도 입가에서는 피가 뚝뚝 떨어졌다.

"자비? 그건 내가 너한테 베푸는 거지. 더 추한 꼴을 보이기 전에 내가 널 죽여주는 거다."

"하하, 내가 아니었으면 이 연맹도 없었어."

"그래, 맞아. 넌 위대한 사미칸이었지."

유릭이 숨을 한번 가다듬고 달려들었다. 순간이나마 체력이 온전했을 때처럼 빨랐다.

쿵!

유릭의 도끼가 망치처럼 사미칸의 칼을 후려쳤다. 칼을 놓친 사미칸이 인상을 찌푸리며 유릭에게 달려들었다.

퍽!

사미칸이 주먹을 휘둘러 유릭의 오른쪽 쇄골을 후려쳤다. 겨우 자리 잡았던 뼈가 이탈했고 유릭의 입에서는 절로 신음이 나왔다.

유릭이 무릎을 끌어올려서 달라붙은 사미칸의 명치를 후려치며 걷어냈고, 한 발자국 물러난 사미칸의 목을 취하기 위해 도끼도 같이 휘둘렀다.

촤악!

피가 길게 튀었다. 사미칸은 왼손을 들어서 유릭의 도끼를 막았다.

평소의 유릭이라면 왼손을 잘라 버렸겠지만 지금은 힘이 부족했다. 사미칸의 왼손은 반쯤 잘린 상태였다.

핏.

유릭의 도끼를 붙잡은 사미칸이 허리춤에서 단도를 꺼냈다. 재빠른 찌르기가 유릭의 목젖을 노렸다.

푸슛!

유릭은 목을 기울여 단도를 피했다. 단도는 유릭의 목덜미를 길게 찢으며 지나갔다. 피가 새어 나왔지만 혈관이 찢기진 않았다.

뿌득.

유릭은 곧바로 머리를 비틀어 단도를 든 사미칸의 오른손을 물어뜯었다. 팔다리는 비실비실했지만 무는 힘만큼은 여전했다.

"퉷!"

유릭이 사미칸의 손바닥 살점을 한 움큼 뜯어서 내뱉었다.

뒤로 물러난 사미칸은 신음 하나 없이 망가진 양손으로 땅에 떨어진 칼을 엉거주춤하게 들었다.

"네가 만든 연맹을 스스로 망치기 전에 곱게 보내주려는 거다. 적어도 연맹을 세운 위인으로 남겠지."

유릭이 피가 묻은 입술을 손등으로 닦으며 말했다.

승기가 유릭을 향해 기울고 있었다. 사소한 전투기술의 차이가 조금씩 났다. 타고난 강골과 터무니없는 실전경험까지 갖춘 유릭이었다. 그는 최악의 상황 속에서도 온몸을 무기로 쓰는 법을 알고 있었다.

"사내로 태어나 더 높은 곳을 바라보는 게 잘못된 건가? 설사 오판과 실수로 주저앉더라도 후회 없이 살다 죽어야지, 형제."

사미칸의 가라앉은 머리카락 사이로 눈동자가 흉흉하게 빛났다. 악의와 아집으로 가득 찬 집념이었다. 세상에 이름을 남기겠다는 일념 하나로 모든 걸 이룩한 사내였다. 그에겐 자신의 생명보다 더 중요하게 여기는 가치가 있었다.

"글러먹었어, 사미칸. 부족장은 형제와 부족민을 지키는 자다. 가장 중요한 근본을 잊어버렸기에 너는 더 이상 대족장으로 우릴 이끌 자격을 잃어버린 서야. 넌 명예와 신념을 위해서는 죽을 수 있는 사내지만, 형제를 위해 죽진 않지."

유릭이 거침없이 사미칸을 향해 걸어갔다.

"널 거둔 건 내 오판이었다. 대지의 아들은 내가 다룰 수 없는 칼이었어, 큭큭."

사미칸과 유릭의 무기가 부딪치며 소리를 냈다. 유릭은 사미칸의 힘이 현저히 떨어진 걸 느꼈다. 힘으로 눌러서 사미칸을 뒷걸음질치게 만들었다.

"네가 날 진심으로 형제라고 생각했다면……."

유릭이 한 손으로 도끼를 크게 휘둘렀다. 사미칸의 칼이 도끼에 맞아 튕겨져 나갔다.

'끝이군.'

사미칸은 자신의 칼이 손바닥에서 벗어나는 걸 보곤 모든 게 끝났다는 걸 알았다. 악착같이 살아온 삶이 뇌리를 스쳐 지나갔다. 그가 손바닥을 펼쳐서 유릭을 향해 뻗었다.

"……난 형제인 너를 위해 기꺼이 죽었을 거다."

유릭이 우울한 눈동자로 도끼를 수직으로 내리꽂았다.

콰직!

도끼가 사미칸의 안면에 박혔다. 유릭은 도끼를 뽑을 힘도 없어서 그 옆에 주저앉았다.

유릭이 눈동자만 굴려서 피로 범벅이 된 사미칸의 얼굴을 쳐다봤다.

"우리에겐 기회가 있었어. 다른 선택을 할 기회가 여러 번 있었지."

어쩌면 유릭과 사미칸은 절친한 형제가 되어 함께 제국과 맞서고 있었을지도 모른다. 그들은 서로를 경계하며 심중을 읽느라 쓸데없이 많은 시간을 보냈다. 아무런 의미가 없는 다툼을 반복해 왔다.

"너는 날 형제라고 부르면서도 그 명예를 나누기 싫어했지."

유릭은 사미칸의 안면에 박힌 도끼를 잡았다. 몇 번이나 팔을 힘껏 당겨서 도끼를 빼냈다.

푸직.

끈적끈적하게 고인 피가 유릭의 손에 묻었다. 검고 농도가 짙은 피였다. 사미칸의 건강이 얼마나 안 좋았는지 알 수 있었다.

"하늘을 속이고 기만한 자를 심판하기 위해 하늘이 유릭을 선택했다! 보라! 하늘의 뜻을 거머쥔 사내가 여기에 있다!"

육손이가 펄쩍펄쩍 뛰듯 달려오며 외쳤다. 그는 사미칸의 시체를 바라보며 거친 해방감을 느꼈다.

유릭은 시끄럽게 떠드는 육손이의 목소리를 들으며 숨을 들썩였다. 곧 바위도끼 부족의 전사들이 유릭을 부축해 천막으로 끌고 갔다.

죽은 듯이 잠을 자던 유릭이 눈을 떴다. 사미칸이 죽은 지 이틀이 지났다.

유릭은 사미칸에게 결투를 신청해 승리했다. 아랫사람이 세력과 정당성을 갖춰 윗사람에게 도전하는 것. 그건 부족사회에서는 흔히 있는 일이다. 규모가 작은 부족의 경우에는 힘만 강해도 부족장 자리를 차지하곤 했다.

하지만 연맹은 조그마한 부족이 아니다. 1만의 전사를 이끌며 서부의 대부분을 정복한 거대집단이었다.

단순히 전사로서 뛰어나다고 대족장의 자리에 오를 순 없었다. 무력과 지력, 그에 걸맞은 자신의 세력까지 있어야 했다.

막 깨어난 유릭이 정신을 차리곤 물을 마셨다. 옆에서 꾸벅꾸벅 졸던 치료사들이 달려와 유릭의 상태를 살폈다.

끼익.

대족장의 천막 안에 앉아 있는 유릭이 고개를 기울이며 혼들리는 햇불을 바라봤다.

'한쪽이 흐리군.'

오른쪽 시야는 온전히 회복되지 않았다. 치료사는 머지않아 오른쪽 눈을 쓰지 못할 거라 말했다.

"뭐, 상관없지."

유릭이 피식 웃었다. 온몸이 멀쩡한 채로 늙을 거라곤 생각하지도 않았다. 아직까지 팔다리가 멀쩡한 것만 해도 감지덕지했다.

끼릭.

유릭이 오른쪽 손가락을 움직였다. 감각이 죽지 않았다. 부러진 쇄골은 자리를 잡아서 붙고 있었다.

육손이가 슬금슬금 유릭의 천막 안으로 들어왔다. 육손이의 손은 피로 물들어 있었다. 그는 사미칸에게 빌붙었던 주술사 세력을 처단했다. 이제 육손이에게 대적할 주술사나 제사장은 없었다.

"사미칸은 지금까지 하늘을 속이고 모독했습니다. 이제야 그 대가를 받은 거지요."

육손이가 공손히 말했다.

"자기도 협조한 주제에 잘도 지껄이는군."

"사미칸에게 협조하지 않았으면 저는 죽었을 테니까요. 사미칸의 시신은 장대에 내걸어 공터에 뒀습니다."

그 말을 들은 유릭이 벌떡 일어나 육손이의 멱살을 움켜잡았다.

"케, 켁!"

"누구 마음대로 사미칸의 시신을 모욕한 거냐?"

"사미칸은 하, 하늘을 속인 자입니다!"

"닥쳐."

유릭이 한 팔로 육손이를 내던졌다. 소란을 들은 전사들이 안으로 들어왔다가 유릭을 보곤 고개를 숙였다.

"음."

유릭의 몸뚱이는 아직도 정상이 아니었다. 강골을 자부하는 몸이었으나 그간 쌓인 부상과 상처가 심했다. 그는 천천히 걸어서 결투를 벌였던 공터로 향했다.

"유릭."

전사들이 유릭을 보곤 예를 갖췄다.

유릭의 오른팔에 선명하게 새겨진 번개흉터야말로 천명의 증거였다. 그는 대지의 아들이자 하늘의 전사였다. 유릭은 서부의 전사로서 가질 수 있는 모든 영예를 손에 넣었다.

"사미칸의 시신을 모욕하지 마시오!"

"적합한 장례를!"

공터에서는 푸른안개 전사들이 소리를 지르고 있었다. 그들은 유릭이 깨어나기만을 기다리며 사미칸에 대한 모욕을 참아냈다.

삐걱.

바람이 불면서 장대가 흔들렸다. 사미칸의 시체는 결투 직후의 모습 그대로 장대에 매달려 있었다.

사미칸의 시체가 썩어가기 시작했다. 시체를 먹지도 못하게 전사들이 새를 쫓았다.

"유릭, 사미칸의 패거리를 지금 정리하는 게 좋을 겁니다. 저들은 앙심을 품고 있죠."

어느새 유릭의 뒤에 따라붙은 육손이가 말했다. 유릭은 귀를 후비며 장대에 매달린 사미칸의 시체를 바라봤다.

'우린 무엇 때문에 그리도 미워하고 다툰 걸까?'

유릭은 그저 웃음만 나왔다. 그는 추호도 사미칸의 자리를 노린 적이 없었다. 그저 형제와 동포들이 제국의 노예가 되지 않길 바랐을 뿐이었다.

'그런데 결국 내가 너를 죽이고 그 자리를 가져갔군.'

사미칸이 죽자 후련함보다는 허무함이 컸다.

"……이렇게 된 이상 적어도 너보단 잘해야겠지."

유릭이 성큼성큼 사미칸이 매달린 장대 옆으로 다가갔다. 전사들이 길을 열었다.

콰직!

유릭이 장대로 걷어차서 부러뜨렸다. 떨어지는 사미칸의 시신을 잡아서 안았다. 고약한 냄새와 불쾌한 진액이 팔뚝을 타고 흘렀지만 유릭의 표정은 한 치도 일그러지지 않았다.

자신의 적이었던 사미칸을 대우하는 모습에 전사들이 눈을 크게 떴다. 사미칸이 유릭에게 어떤 모욕을 줬는지는 연맹의 전사들도 잘 알고 있었다.

'이게 전사인 내가 베풀 수 있는 자비다.'

사미칸의 시신을 안은 유릭이 푸른안개 전사들 쪽으로 걸어갔다.

"전대 대족장을 향한 적합한 예우가 있을 거다. 푸른안개 부족은 여전히 연맹을 이끄는 기둥이며, 사미칸과 푸른안개 부족에 대한 그 어떤 모욕도 허용하지 않겠다."

유릭이 사미칸의 시신을 푸른안개 전사들에게 넘겼다. 누가 뭐래도 사미칸은 푸른안개 부족의 영웅이었다. 그는 푸른안개 부족을 한 세대 만에 서부의 지배자로 만들었다.

"고맙소. 유릭, 아니, 대족장."

시신을 넘겨받은 푸른안개 전사장이 고개를 까딱이며 예를 갖췄다.

대족장이라는 말이 푸른안개 전사의 입에서 가장 먼저 나왔다. 아직 유릭은 정식 대족장이 아니었다.

사미칸의 장례는 빠르게 진행됐다. 사미칸의 시신은 푸른안개 부족의 전통대로 호수 밑바닥에 가라앉았다.

유릭은 사미칸의 세력에 그 어떤 보복도 하지 않겠다고 선언했었다. 덕분에 많은 전사와 부족장들이 사미칸의 넋을 기리며 장례식에 참가해 예를 갖췄다. 그렇지만 유릭의 눈치를 보고 장례식에 참가하지 않는 자들도 있었다.

"게오르크, 사미칸의 장례에 참가한 부족장들을 따로 적어 둬. 권력의 흐름이 바뀌었다고 내 밑에 들러붙는 놈들보다 저들이 의리가 있고 믿을 만한 놈들이다. 너와 달리 말이야, 큭큭."

유릭은 여전히 게오르크 아르투어를 측근으로 뒀다. 고문 때문이긴 했지만 한 번 유릭을 배신한 사람이다. 전사들은 게오르크를 죽여야 한다고 외쳤지만 유릭은 그 의견을 묵살했다.

"유릭, 저는 두뇌와 펜으로 일하는 사람입니다. 저를 지키지 못한 당신의 잘못이지요. 손톱이 아니라 손가락이 잘렸으면 어쩌려고 했습니까? 글도 모르는 저 무식한 야만인들이 대필을 해줄 것 같습니까?"

게오르크도 뻔뻔하게 말하며 유릭의 밑에 계속 붙어 있었다. 부하와 형제에게 너그러운 유릭조차 손가락만 남기고 저 혓바닥을 잘라 버릴까, 순간 고민했었지만, 게오르크는 유릭의 고민을 모르는 듯했다.

태풍의 잔재조차 사라진 맑은 날이었다. 태양은 뜨거웠고, 하늘은 끝없이 높았다. 연맹의 전사들은 무장을 하고 한자리에 모였다.

1만의 전사가 모였는데도 고요하기 그지없었다.

삐이이이-!

독수리 한 마리가 길게 포효하며 하늘을 맴돌다 사라졌다.

"위대한 전사, 대지의 아들, 천벌의 대리자여!"

새 깃털을 온몸에 빼곡하게 꽂은 육손이가 크게 외쳤다.

"오우!"

전사들이 발을 구르며 연달아 외쳤다.

"바위도끼 부족장 유릭, 그대는 하늘의 뜻을 보았는가!"

육손이가 눈을 뒤집으며 외쳤다. 핏줄이 선 백안이 드러났다. 좌우에 선 주술사들이 침음을 길게 내며 향로의 연기를 길게 피웠다.

"……보았다."

유릭은 어쩐지 웃음이 나왔지만 근엄한 표정으로 참으며 대답했다. 시선을 돌린 그는 군중 속에서 이질적인 한 사람을 찾았다.

'고트발.'

유릭은 고트발을 통해 도망가려고 했다. 지금까지 스스로 선택하며 짊어진 짐을 내던지고 싶었다. 친절한 고트발이라면 기꺼이 자신의 약함을 긍정해 줄 거라 생각했다. 하지만 고트발은 유릭의 나약함을 긍정해 주지 않았다.

'전사는 아니지만, 너는 정말로 강한 사람이야.'

전사는 자신보다 강한 상대를 만나도 도망가지 못할 때가 있다. 형제와 부족이 위기에 처한다면 죽을 걸 알면서도 싸워야 한다. 전사가 그러하듯, 사람은 아무리 삶이 무거울지라도 끝까지 짊어져야 할 때가 있다. 설사 백 번이고 되돌리고 싶은 잘못된 선택일지라도, 자신의 선택에 대한 책임을 져야 한다.

유릭이 눈을 감았다가 뜨며 시선을 앞으로 돌렸다. 숯으로 검게 칠한 육손이의 얼굴이 보였다. 허연 흰자위가 주술사답게 섬뜩했다.

"하늘이 창천의 전사를 그대에게 이끌라 말했는가!"

육손이가 한껏 숨을 들이마시더니 목청이 찢어져라 외쳤다. 그는 쉬지도 않고 연달아 말을 쏟아냈다.

"선조의 영령과 만물의 정령이 그대의 어깨에 깃들었는가!"

유릭이 고개를 끄덕이며 칼을 뽑아서 땅에 세웠다.

"……그러하다면 그대에게 대족장의 자격이 있을지어다! 하늘이 그대를 선택했다! 대족장 유릭! 하늘의 아들과 딸들이 그대를 따를지어다!"

육손이가 무릎을 꿇었다. 옷을 치장한 깃털들이 펄럭이며 우수수 떨어졌다.

유릭은 자신의 코앞까지 날아온 깃털 하나를 잡아서 가볍게 돌렸다. 깃털이 빙글빙글 돌다가 땅바닥에 떨어졌다.

무릎을 꿇는 전사들을 바라봤다. 아무도 유릭의 눈을 정면으로 보지 않았다.

끼익.

유릭이 칼을 집어넣고는 의자에 앉았다. 틱을 괴며 게슴츠레하게 눈을 떴다. 그는 허리가방을 뒤져서 비취조각상을 꺼냈다. 서쪽 끝에서 발견한 동방신물이다.

파직.

유릭이 비취조각상을 움켜잡아 깨뜨렸다. 깨진 비취조각이 바닥에 떨어졌다.

유릭은 눈을 감고는 숨을 들이마셨다. 차분한 풍경이 떠올랐다. 하늘산맥 봉우리에서 봤던 새하얀 풍경이었다. 소년 유릭은 고민했었다. 동쪽으로는 미지의 세계가 있었고, 서쪽에서는 형제가 기다리는 부족마을이 있었다.

유릭은 이제 형제를 버리고 미지의 세계로 가지 못한다. 더이상 그는 소년 유릭이 아니었다.

"일어서라, 형제들이여."

대족장 유릭이 말했다.

Chapter 7

바르카 바누 포를카나.

그는 황제의 신뢰를 얻기 위해 오랫동안 제국의 황궁에 머물렀다. 왕국을 오래 비워두는 건 좋은 선택이 아니었으나 황제의 의심을 사는 것보단 나았다.

'아무리 제국이 흔들리고 있어도…… 제국이 패할 거란 생각은 들지 않아.'

바르카는 창문 너머로 도시를 바라봤다. 문명세계의 정수가 담긴 도시였다. 단순히 군사적 부흥만이 아니라 온갖 학문과 문화적 성취가 이곳에 있었다.

'제국은 세계의 지배자이며, 하멜은 세상의 중심이다.'

그 누구도 부정할 수 없는 사실이다.

'내가 서둘러 왕국으로 돌아가면 큰 의심을 살 거야. 황제는 분명 날 의심하고 있겠지. 유릭과 나는 절친한 사이니까.'

바르카는 그 생각만 하면 머리가 지끈지끈 아팠다. 서부의 약탈자들은 세상에 혼란을 가져왔다. 그 기세 때문에 북부의 야만인들이 스스로 루의 계시를 받았다며 독립왕국을 주장했다.

'미요른의 후손, 빌케르……'

바르카도 그 이름을 들었다. 무서운 기세로 제국군과 맞서는 소년이었다. 미요른의 후예라는 말이 사실인지 어린 나이에도 사나운 북부전사들을 이끌고 있었다.

'왕국들마저 제국에게 등을 돌린다면 정말로 제국과 문명에 위기가 찾아온다.'

바르카는 황제의 귀빈으로 제비궁에 머물고 있었다. 주변에는 포를카나의 기사들이 항상 그를 지키고 있다.

'황제는 어떻게든 왕들의 환심을 사려고 할 거야. 이 기회를 이용해 포를카나의 이익을 도모할 수도 있어.'

제비궁은 일곱 왕국의 사신으로 들끓었다. 제국의 수도 하멜은 그야말로 외교의 전쟁터다. 하멜에서 세계회의조차 열 수 있을 정도였다.

'제기랄, 누님. 어째서 유릭의 아이를 가진 겁니까.'

바르카가 이마를 감쌌다. 잘생긴 얼굴에는 근심이 가득했다. 신경 쓰지 않으려고 해도 혈육의 정을 쉽게 끊지 못했다.

"후우."

바람을 쐬러 바르카가 정원으로 나갔다. 얼마 지나지 않아서 곱게 차려입은 여인네들이 차례대로 바르카에게 들러붙었다.

"포를카나의 왕을 뵙습니다."

가슴이 파인 옷을 입은 여인이 옅게 웃으며 다가왔다. 저 멀리 기둥 뒤에서 자신의 차례를 기다리는 아가씨들이 보였다.

바르카는 속으로 한숨을 푹푹 쉬며 여인들을 상대했다. 바르카의 외출만 하루 종일 기다리는 할 짓 없는 여인들이었다. 그녀들의 인생목적이란 좋은 귀족 남성과 결혼하는 것뿐.

소년 시절에 숙부와 싸워 왕좌에 올라선 바르카는 이미 유명인이었다. 그 이야기를 모르는 귀족 영애는 없었다. 더군다나 바르카는 미혼이며, 미남미녀로 유명한 포를카나 왕가의 혈통이기도 했다.

제국의 귀족 아가씨들은 어떻게든 바르카의 얼굴을 보려고 모여들었다. 그녀들의 눈으로 보기에 바르카는 꿈에서나 나올 법한 완벽한 사내였다.

"어쩜, 남자가 저렇게 곱게 생겼지?"

"내 오라비들과 너무 비교되잖아. 진짜 저분에 비하면 다른 남자는 그냥 털 없는 짐승이지."

"꺄, 이쪽을 봤어!"

"날 본 거야."

여인들이 끼리끼리 모여 떠들었다. 세상 물정 모르는 여인네들의 얼굴에는 홍조가 가득했다. 서부의 약탈자나 북부의 전사들도 그녀들에게는 머나먼 이야기일 뿐이다. 지금 시대에 전쟁과 정치는 사내의 일이었다.

"감사합니다, 언젠가 기회가 된다면 식사를 같이 하겠습니다."

바르카가 의례적으로 말했다.

"그럼 내일이 좋겠네요."

여인이 방긋 웃었다. 바르카가 쓴웃음을 흘렸다.

"……시간이 나면 연락을 드리겠습니다."

"반드시 연락을 주서야 해요. 기다리고 있겠습니다."

바르카는 피곤한 얼굴로 여인의 뒷모습을 바라봤다.

'돌아가면 적당한 아가씨를 찾아 혼인을 해야겠어.'

아직까지 여인을 연모한 적이 없었다. 왕이 되기 전에는 누이의 품에서 갇혀 자라다시피 했고, 왕이 되고 나서는 워낙 바빠서 혼사에 신경을 쓰지 못했다. 젊은 왕이었기에 신하들도 그렇게 후사를 보채지 않았다.

'왕비로 삼을 거면 공작가의 여식이 좋겠지.'

바르카는 왕국의 내실을 탄탄히 하고 싶었다. 그에겐 제국과 황제를 등에 업고 왕이 되었다는 약점이 있었다. 제국의 귀족과 혼인을 한다면 포를카나의 귀족들이 좋게 보진 않을 터다.

"포를카나의 주인을 뵙습니다."

바르카가 딴생각을 하는 사이에 여인이 하나 더 따라붙었다. 바르카는 초대를 거절하며 자리를 뜨려고 했으나, 그녀는 체면치레를 중요시 여기는 귀족 아가씨답지 않게 집요했다.

"죄송합니다, 아가씨. 저는 당신과 식사할 이유가 없군요."

짜증이 난 바르카가 노골적으로 말했다. 그런데도 여자는 생글생글 웃고 있었다.

'그냥 평범한 아가씨가 아니다.'

그녀의 웃음이 오싹했다. 눈동자에는 흔들림이 없었고, 입가만 웃고 있었다.

"제 체면을 봐주시면 감사하겠습니다. 이 이상은 사내의 얼굴에 미쳐서 집요하게 들러붙은 여자라고 소문이 날 테니까요."

여인은 제국의 귀족이 아니었다. 카셀마로니 왕국의 귀족 영애였다.

'카셀마로니……'

카셀마로니는 북서부에 위치한 왕국이었다. 동부 해안 왕국인 포를카나와 지리적으로 상당히 떨어진 왕국이었다. 그 덕택에 예나 지금이나 포를카나와는 그다지 접점이 없었다. 그들 사이에는 제국이 있었다.

"그 정중한 초대를 받겠습니다."

바르카가 한 손을 허리에 올리며 상체를 숙였다. 깔끔한 예의범절이었다. 살짝 치켜든 푸른 눈동자는 여인의 얼굴을 응시했다.

"수많은 여인들이 실패한 일을 제가 해냈군요. 영광입니다."

"부디 제 직감이 틀리지 않았길 바랍니다. 저는 시간이 많은 사람이 아닙니다."

"전하께도 나쁜 일은 아닐 겁니다."

단순한 만남이 아니라는 걸 여인이 암시했다.

제비궁에서 젊은 왕족과 귀족들이 눈이 맞는 건 흔한 일이다. 오히려 그걸 노리고 하멜에 머무르는 여인도 많았다. 바르카도 한창인 나이였고 아리따운 아가씨와 식사하는 게 이상하지 않았다.

날이 저물고 있었다. 식사준비로 분주하게 움직이는 하인들이 눈에 띄었다. 바르카는 해를 보며 약속된 시간을 확인했다.

바르카는 멋들어진 망토를 걸치고는 성큼성큼 복도를 가로질렀다. 그를 수행하는 기사와 종자들 다섯 명이 뒤를 따라왔다.

끼익.

문을 열자 음식냄새가 났다. 바르카를 확인한 하인들이 고개를 숙였다.

"처음 뵙겠습니다, 전하."

방 안에는 잘 차려입은 사내가 있었다. 가슴팍에는 가문의 인장이 복잡하게 얽혀 있었다. 분명 어딘가의 고위귀족임이 틀림없었다.

"카셀마로니의 휠란 가문입니다."

종자로 따라온 서기관이 가문 문양을 확인하고는 바르카의 귀에 속삭였다.

"휠란?"

"카셀마로니 왕가의 방계입니다."

서기관의 말을 들은 바르카가 사내를 응시했다.

"한가르 휠란 백작입니다. 제 여식이 혹여나 마음에 드셨다면 부르겠습니다."

휠란 백작이 입꼬리를 올리며 웃었다.

"됐습니다, 휠란 백작."

바르카는 대번 상황이 돌아가는 걸 알았다.

'비밀외교로군.'

휠란 백작은 카셀마로니의 외교특사였다. 그는 자신의 딸을 통해 바르카와 접촉을 시도했다.

'제국의 이목을 끌고 싶지 않다는 건데……. 제국의 귀에 들어가면 좋지 않을 이야기겠지.'

바르카는 식사를 하는 둥 마는 둥 하면서 휠란 백작을 쳐다봤다.

"국왕전하께서는 포를카나와 좋은 관계를 유지하고 싶어 하십니다."

"이미 좋은 관계인 걸로 알고 있습니다. 카셀마로니와 포를카나는 서로에게 악감정이 없는 먼 이웃이죠."

"먼 이웃이라는 건 곧 좋은 이웃이라는 뜻이기도 하지요."

휠란 백작이 웃으면서 식사시종에게 턱짓을 했다. 잔에 포도주를 따르는 소리가 영롱했다. 바르카의 시종이 먼저 술을 맛보곤 고개를 끄덕였다.

"좋은 술이군요."

"소문이 자자하신 바르카 바누 포를카나를 접대하는데 이 정도밖에 준비 못 한 게 부끄럽습니다. 그 유명한 바르카 전하의 이야기를 모르는 사람은 없지요."

"호사가들이 떠들기 좋아해서 과장이 섞인 겁니다."

"그 이야기의 절반만 사실이라도 전하께선 대단한 영웅입니다. 요즘 같은 시대의 젊은 왕족이라고 믿기 힘들 정도로요."

바르카 또래의 왕족이나 귀족들은 전쟁이 없는 시기에 태어나고 자랐다. 지난 십여 년은 국가 간의 전면전이 없었던 평화기였다. 기껏해야 야만인 토벌 같은 분쟁이 전부였고, 근래 가장 큰 전쟁이 포를카나의 내전이었다. 서부의 약탈자가 나타나기 전까지는 말이다.

'흥, 또 요즘 젊은이라는 소리를 듣는군.'

바르카는 속으로 코웃음 쳤다. 수없이 들은 말이었다.

'요즘 젊은이들은 칼도 쓸 줄 모르고 유약하다.'

그런 말이 상식처럼 장년층 귀족들 사이에서 돌았다. 실제로도 무관보다 문관이 출세하는 시대였다.

"한 나라의 주인이 일개 귀족과 식사를 할 정도로 여유가 있을 거라 생각하십니까?"

바르카가 손수건으로 손과 입을 닦았다.

휠란 백작은 안색 하나 바뀌지 않았다. 그는 차분히 바르카를 응시했다.

"지금 정세에 대해 어찌 생각하십니까?"

"그런 걸 묻기 전에 먼저 자신의 생각을 말하는 게 예의라고 봅니다."

바르카가 다리를 꼬며 양손을 깍지 꼈다. 거만한 태도였지만 그는 포를카나의 국왕이었다. 일개 귀족을 상대로 얼마든지 거만해도 된다. 푸른 눈의 청년에게는 왕의 위압감이 있었다. 조각 같은 외모까지 더해지니 신이 내린 왕이 따로 없었다. 행동 하나하나가 초상화의 장면 같았다.

'역시 소문이 사실이었군. 허수아비 왕이 아니야.'

지금 왕국에서는 허수아비 왕들이 태반이다. 자국의 대귀족들의 눈치를 살피며 굽실거리는 왕들. 봉신들이 모여 한번 숙덕거리면 왕관을 빼앗기는 멍청이들. 제국치하에서 왕국 간의 전쟁은 오십여 년 동안 없었고, 바보라도 왕을 해먹을 수 있는 시대였다.

휠란 백작이 눈치를 살피다가 입을 열었다.

"저 위에서는 루를 믿는 북부인들이 왕국을 주장하고 있습니다. 빌케르라는 구심점도 있어서 쉽게 와해되진 않을 겁니다. 소문으론 태양전사단 내부에서 배신자가 다수 나와 북부 반란군에 합류했다고 합니다. 그게 사실이라면 제국의 군사전략과 기술들이 그쪽으로 넘어갔다는 이야기죠."

"태양전사단이?"

바르카도 처음 듣는 이야기였다. 태양전사단의 배신은 꽤 충격적이었다. 상당히 귀한 정보였다.

"제국군은 서부의 약탈자와 북부반란군 상대로 전선을 둘이나 펼치고 있습니다. 둘 다 상당한 수준의 군대죠. 서부의 약탈자는 랑케가트 왕국을 통째로 폐허로 만들었습니다. 이번 사태가 진정되면 랑케가트는 공국으로 지위가 격하될 듯합니다. 어쩌면 제국의 영토로 흡수될지도 모르죠. 하여튼 두 군대를 동시에 상대하기란 제국도 힘겨울 겁니다."

"휠란 백작, 약탈자들을 상대로 승전을 거둔 카르니우스 장군이 이미 출정했습니다. 약탈자 무리를 토벌하면 제국은 북부로 군사적 역량을 집중하겠죠."

바르카가 휠란 백작의 대답을 기다렸다.

"카르니우스 장군은 승전을 거두고도 문책을 받았습니다. 온전한 승리가 아니라 야만인들 상대로 주력군을 잃고 왔기 때문이죠."

"상당히 불온한 말을 하는군요, 백작. 포를카나는 제국의 지원을 가장 많이 받고 있는 왕국입니다. 그리고 저는 제국 덕분에 왕좌에 앉은 친제국파죠. 제가 이 이야기를 듣고 그냥 넘길 것 같습니까?"

"그 문제가 전하의 발목을 잡고 있다고 들었습니다. 왕국의 사람이라면 누구나 독립을 꿈꾸고 있죠. 제국의 후광이 항상 이득만 되진 않을 겁니다. 포를카나의 왕이 황제의 꼭두각시가 아니라는 걸 증명할 기회죠."

휠란 백작은 의도를 숨기지 않았다.

바르카가 고운 미간을 찌푸렸다. 휠란 백작의 말은 어느 정도 맞았다.

휠란 백작이 바르카의 눈치를 살피더니 말을 이었다.

"유릭."

유릭이라는 이름을 듣자마자 바르카의 눈동자가 식었다.

"그 이름은 어디서 들은 겁니까?"

"카셀마로니는 오랫동안 준비했습니다. 제국의 내부에도 귀와 눈을 둘 정도로요. 그 모든 소문이 사실이라면 전하야 말로 약탈자 무리와 교섭할 만한 인맥을 갖춘 유일한 왕일 겁니다."

바르카가 상체를 앞으로 당기며 탁자에 팔을 기댔다.

'급조한 계획은 아니다. 카셀마로니는 독립을 준비하고 있었어.'

서부의 약탈자 지휘관 중 하나가 유릭이며, 그는 바르카의 절친한 벗이다. 그런 정보를 알고 있다면 바르카에게 접촉하는 게 당연했다.

"만약 전하께서 독립하고자 하는 의지가 있다면 시기를 놓쳐선 안 됩니다. 우리가 살아 있는 동안 제국을 흔들 수 있는 유일한 기회일지도 모릅니다. 보십시오! 저 북부의 야만인들조차 자신들의 땅과 자유를 되찾기 위해 싸우고 있습니다! 그런데 우리는 제국이 두려워 잃어버린 땅을 수복할 생각도 하지 않지요. 저는 그 사실이 너무나 부끄럽습니다."

휠란 백작의 목소리가 높아졌다. 바르카가 초조하게 손가락을 꾸물거렸다.

"얼마나 많은 왕국이 함께할 것 같습니까? 휠란 백작."

바르카가 아랫입술을 깨물며 고개를 들었다.

"우리까지 합해서 적어도 셋입니다. 제국에게 영토의 절반을 빼앗긴 케르바트 왕국은 언제든 기회만 된다면 군사를 일으키겠죠."

휠란 백작이 떨리는 눈으로 바르카의 대답을 기다렸다.

"……경의 왕에게 보낼 서신을 준비하겠습니다."

그 말을 들은 휠란 백작이 무릎을 꿇고는 바르카의 인장반지에 입을 맞췄다.

"위대한 결단을 하신 겁니다."

바르카는 자신의 손톱을 까득까득 깨물었다. 그는 무릎을 붙잡아서 떨리는 다리를 멈췄다.

딸각, 딸각.

바르카가 타고 있는 마차가 움직였다. 마차는 아직 수도 하멜을 벗어나지 못했다.

제국은 수도 하멜로부터 세계 전역으로 이어지는 도로를 제국령 전체에 깔았다. 덕분에 마차를 타고도 일곱 왕국과 남부와 북부까지 갈 수 있었다.

'이 도로도 전쟁의 유산이지.'

세계와 이어진 도로는 평화기가 아닌 전쟁시대에 깔렸었다. 일곱 왕국을 하나씩 정복하던 제국은 보급의 중요성을 일찌감치 깨달았다. 도로는 보급의 수단이기도 했고, 넓은 땅을 통치하기 위한 통신망이었다.

'이미 일은 저질렀다.'

바르카가 자신의 가슴팍에 손을 댔다. 심장이 쉴 새 없이 뛰었다.

'휠란 백작의 말이 맞아. 언제까지 제국의 속국으로 있을 순 없어.'

언젠가는 제국에게서 벗어나야 한다. 제국이 포를카나를 돕는 것도 단지 필요해서라는 이유 때문이다.

'동대륙을 발견한다면…… 포를카나 왕국 전체가 제국의 전 초기지 역할을 맡게 될 거다.'

포를카나는 원래 소왕국이었기에 옛 영토를 그래도 간직한 편이었으나, 케르바트 왕국처럼 제국에게 영토를 절반이나 잃은 왕국도 있었다.

힘을 잃은 왕국 하나하나는 제국에 비할 비가 못 된다. 문명세계를 통일한 제국의 제1대 황제는 왕국들이 연합해도 제국에게 이기지 못하도록 국력을 조율했다. 그 균형이 오랫동안 이어졌다.

'하지만 지금은 왕국과 제국이란 세력만 있는 게 아니야.'

문명세계 바깥에서 온 야만인들이 있었다. 남부와 북부의 야만인은 오래전부터 문명세계와 연결된 존재였으나, 서부의 약탈자들은 하늘에서 떨어진 것만큼이나 갑작스러운 존재였다.

금기였던 하늘산맥을 넘어서 나타난 군대는 문명세계를 도탄에 빠뜨렸다. 누군가는 하늘산맥을 넘으려 했던 인간의 오만함을 벌하는 것이라 말했다.

덜컹.

바르카가 타고 있던 마차가 멈췄다. 아직 수도를 빠져나가지도 못했다.

"빌어먹을."

바르카는 느낌이 안 좋았다. 그는 혼자서 욕을 내뱉고는 마차 바깥으로 고개를 내밀었다.

'강철기사.'

제국의 자랑인 강철기사가 여럿 모여 있었다. 그들은 바르카의 마차를 가로막고는 바르카가 나오길 기다렸다.

"지금 왕의 마차를 가로막은 건가?"

포를카나의 기사와 제국의 강철기사 사이에 실랑이가 있었다. 칼을 뽑지는 않았지만 분위기는 충분히 사나웠다.

"바르카 전하! 폐하께서 내일 저녁식사에 초대를 하셨습니다! 지금 이리 가면 폐하께서 섭섭히 여길 것입니다."

강철기사는 포를카나의 기사를 무시하곤 바르카에게 곧장 외쳤다. 대단히 무례한 행동이었지만 강철기사는 황제의 수족이다. 황제의 뜻이 저러하단 이야기였다.

'이제 와서?'

바르카의 뇌리에는 온갖 생각이 오갔다.

"내 왕국을 비운 지 오래되었지. 폐하께는 따로 서신을 보내겠네."

바르카는 의연하게 대답했다.

"내일 저녁식사 초대가 폐하의 명입니다."

강철기사는 그 말만을 반복했다. 한 걸음도 물러나지 않았다.

"지금 누구 앞이라고……!"

포를카나의 기사가 험악하게 외쳤다. 주변의 위협에도 불구하고 강철기사는 눈 하나 깜빡하지 않고 바르카만을 쳐다봤다.

"제국의 주인께서 전하를 저녁식사에 초대했습니다."

"무례인 건 알지만 거절하네."

바르카가 손을 뻗으며 말했다. 명확한 거절 의사에도 강철기사는 움직이지 않았다.

"초대를 받으시죠, 전하."

강철기사는 고개를 숙인 상태로 바르카의 승낙만을 기다렸다.

"제국의 기사는 예의조차 배우지 못한 것이냐!"

포를카나의 기사가 강철기사의 어깨를 잡았다. 그와 동시에 강철기사와 포를카나의 기사가 얽혔다. 땅바닥을 한 바퀴 뒹구는가 싶더니 어느새 강철기사가 포를카나의 기사를 제압해 팔을 반쯤 꺾고 있었다.

"전하, 황제폐하께서 저녁식사에 초대하셨습니다."

강철기사는 무릎으로 포를카나의 기사의 등을 찍으며 말했다. 강철기사의 무표정한 얼굴이 오히려 더 사납게 보였다.

우득.

제압당한 기사의 팔이 부러질 듯이 휘었다. 강철기사는 바르카를 빤히 쳐다보며 말없이 대답을 종용했다.

"알겠네. 제비궁으로 돌아가 기다리도록 하지."

바르카가 망토를 펄럭이며 마차에 다시 올라탔다. 마부가 제비궁을 향해 말머리를 돌렸다. 강철기사들은 마차가 제비궁으로 들어가는 걸 확인한 후에나 사라졌다.

쾅!

제비궁의 처소로 돌아간 바르카는 애꿎은 의자를 세게 걷어찼다. 그는 머리를 감싸며 침대 위에 앉았다.

'이건 황제가 내 행동에 대해 알고 있는 거다.'

바르카의 눈동자가 불안하게 떨렸다. 속았다는 생각이 들었다. 왕국에서도 여러 번 겪었던 감각이었다. 아무리 바르카가 똑똑하더라도 제대로 된 정치적 후원자도 없이 왕 노릇을 하는 건 힘들었다. 포를카나의 유력귀족들은 바르카를 이용해 자신들의 이득을 챙겼었다.

아직 바르카의 힘은 포를카나에서도 불안했다. 내전에 참전하지 않고 힘을 비축했던 룽겔 공작이 실세 노릇을 하며 바르카를 견제했다.

'언젠가 되갚아줄 날이 있겠지.'

바르카가 심호흡하며 가슴을 진정시켰다.

'휠란 백작이 처음부터 함정이었든가, 휠란 백작도 당한 거다.'

바르카는 더 이상 어린 소년이 아니었다. 이미 그는 수없이 실패와 패배를 반복했다. 왕이 되고 나서도 신하들에게 물을 먹었던 적이 한두 번이 아니다. 무의미하게 재정을 낭비하며 동대륙 탐사를 준비한다고 걸고넘어지는 자들도 수두룩했다.

바르카는 제비궁에서 황제의 초대를 기다렸다.

하지만 다음 날이 되어서도 연락은 없었다.

바르카가 제비궁을 벗어나려고 할 때마다 어디선가 강철기사들이 나타났다.

"폐하께서 내일 저녁식사에 초대하셨습니다."

초대만 있을 뿐이다. 바르카는 황제의 얼굴을 며칠 동안 보지 못했다.

"이건 명백한 모욕입니다! 전하를 유폐시킨 것과 다름이 없습니다!"

바르카와 동행한 수행원들이 오히려 화를 내며 날뛰었다. 바르카는 침착하게 제비궁을 둘러보며 정세를 살폈다.

바르카는 바람을 쐴 겸 정원을 한 바퀴 돌았다.

뚜벅, 뚜벅.

건너편에서 휠란 백작과 그 여식이 걸어왔다.

"포를카나의 주인을 뵙습니다."

휠란 백작이 예를 갖췄다.

"아, 반갑습니다, 백작. 그리고 아가씨."

바르카도 두 사람을 보며 예의를 갖춰 행동했다.

"서신은 잘 전달했습니다, 전하. 때를 기다리시면 됩니다."

휠란 백작이 주변의 눈치를 보며 말했다. 바르카는 그 행동에 웃음이 나왔지만 순수한 얼굴로 되물었다.

"그때가 빨리 왔으면 좋겠군요."

바르카는 그리 대답하며 휠란 백작의 눈을 바라봤다.

'역시 나를 속인 거로군.'

바르카의 추측으로는 휠란 백작은 카셀마로니의 외교특사이면서도 황제의 수족이었다. 어쩌면 카셀마로니의 국왕이 제국과 절친한 사이를 유지하는 걸지도 모른다.

'황제가 휠란 백작을 통해 날 떠본 거다.'

직접적인 증거는 없어도 정황과 의심만으로도 확신할 수 있었다.

휠란 백작은 인사를 하곤 바르카의 곁을 지나치려 했다. 바르카와 오래 이야기해서 꼬리를 잡힐 생각은 없었다. 어차피 바르카가 휠란 백작의 배신을 알아챘든 말든 그가 알 바가 아니었다. 그는 이미 황제에게 바르카의 의도를 보고했고 충분한 포상을 받았다.

"아?"

휠란 백작의 여식인 레즐리가 낯선 감촉에 움찔했다. 그녀는 자신의 손가락 사이에 꽂힌 쪽지를 보고는 바르카를 쳐다봤다.

바르카가 옅게 웃으며 레즐리를 바라봤다.

"무슨 일이냐?"

휠란 백작이 따라오지 않는 딸에게 물었다. 레즐리는 고개를 저으며 종종걸음으로 아버지의 뒤를 쫓았다.

"아무것도 아니에요."

자신의 방으로 돌아간 레즐리는 쪽지를 펼치며 당혹스러운 표정으로 고개를 숙였다.

오늘 밤 만나 뵐 수 있으면 좋겠습니다. 아까 그 장소에서.

제비궁의 정원은 해가 지면 연인들의 만남의 장소가 된다. 젊은 귀족 남녀가 눈이 맞는 건 당연한 일이다.

어두컴컴한 정원이었지만 인기척은 드문드문 있었다.

"……오셨군요. 기다리고 있었습니다."

바르카가 레즐리의 손목을 잡아끌며 말했다.

"아……."

레즐리는 맥없이 바르카에게 끌려갔다. 은은한 달빛에 반사된 바르카의 얼굴은 여자가 보기에도 아름다울 정도였다. 그의 입가에 걸친 미소는 보기만 해도 머리가 녹아내릴 것만 같았다. 푸른 눈동자가 깊은 호수처럼 레즐리의 영혼을 잡아당겼다.

'정신 차려, 레즐리.'

레즐리는 스스로에게 당부했다. 바르카와 만나는 건 위험한 일이었다.

'아버지의 말에 따라 바르카 왕을 비밀회담 장소로 데려갔지.'

레즐리는 요즘 아가씨답지 않게 세상 돌아가는 걸 알았다. 하지만 그녀도 사랑을 꿈꾸는 젊은 여인이었다. 음유시인의 노래에서나 나올 법한 완벽한 왕족 청년에게는 마음이 절로 끌렸다. 처음에는 단순히 잘생긴 청년과 유희를 즐길 생각이 었다.

"바다를 보신 적이 있으십니까?"

"아뇨, 카셀마로니에는 바다가 없어서요."

"언젠가 포를카나의 바다를 보여주고 싶군요. 특히 밤바다는 정말로 아름답거든요. 밤바다에 비친 달을 보고 있으면 시간이 가는 줄도 모르죠."

바르카는 일상적인 말을 했다. 레즐리는 마법처럼 그 이야기에 휩쓸렸다. 이성적으로는 가까워지면 안 된다는 걸 아는데도 바르카와 함께 있으면 영혼이 활짝 열리는 듯했다.

이건 포를카나의 왕족의 마법이었다. 포를카나의 혈통에는 이성을 바보로 만드는 힘이 있었다. 다미아가 그렇게 많은 남자의 생명을 집어삼켰듯이……

레즐리는 아버지인 휠란 백작 몰래 바르카를 여러 번 만났다. 휠란 백작도 레즐리가 제비궁의 정원으로 자주 나가는 걸 알았으나 대수롭지 않게 여겼다.

어느 날 갑자기 평민이나 하인의 아이를 임신하고선 결혼하겠다고 우기는 것보다 아무 귀족이나 덥석 무는 게 나았다. 다만, 그 상대가 바르카인 줄은 꿈에도 몰랐다.

바르카는 서두르지 않았다. 황제의 감시는 남녀가 비밀리

만나는 정원까지 닿지 않았다. 그는 인내심을 가지고 천천히 레즐리를 대했다.

'다른 사내와는 달라.'

다를 만도 했다. 바르카는 다미아의 밑에서 교육을 받다시피 했다. 바르카의 사소한 행동 하나하나에는 여성에 대한 존중이 있었다.

'아버지조차 날 그저 예쁘장한 도구로 생각하는데 이 사내는 나를 존중하고 있어.'

레즐리는 휠란 백작의 명에 따라 바르카를 회담 장소까지 유인했었다. 그랬던 적이 여러 번 있었다. 그녀는 항상 가짜로 웃는 데 익숙했다.

하지만 바르카의 앞에서라면 진심으로 웃을 수 있었다.

바스락.

풀잎이 흔들리는 소리가 낮게 났다. 정원의 구석에서 바르카와 레즐리는 나란히 누워 있었다. 주변을 오가던 젊은 연인들은 그림자 둘이 누워 있는 걸 보고 자리를 피해 다른 곳을 찾아 이동했다. 일종의 예의이며 암묵적인 규칙이었다.

"당신은 정말 신비로운 분이세요. 사실 이런 기분을 느낄 수 있을 거라 생각해 본 적이 없었어요. 남자는 다 멍청이니까요."

레즐리가 손가락으로 바르카의 가슴을 더듬었다. 두 사람의 옷깃은 이리저리 헤쳐져 있었다. 두 사람이 만난 지 보름이

지난 지금에는 이미 몇 번의 관계가 있었다.

레즐리는 처음 느끼는 충만한 감정에 웃음을 주체하지 못했다.

"카셀마로니와 포를카나는 혈맹이 될 겁니다. 그땐 정식으로……"

바르카가 레즐리의 뺨을 매만지며 말했다. 순진무구한 바르카의 눈동자가 강아지 같았다. 레즐리는 참을 수 없는 감정에 바르카를 힘껏 껴안았다. 아이를 낳으면 이런 기분일까 싶었다.

'나와 아버지는 이렇게 착하신 분을 속이고 있어.'

레즐리는 짙은 죄책감에 시달렸다. 지금까지는 아버지의 명에 따라 남자들을 유인했어도 아무렇지도 않았었다.

'이분이야말로 내 운명의 상대다.'

레즐리는 태양을 보기가 부끄러웠다. 그녀는 더 이상 자신의 모순을 참지 못했다.

"전하."

"전하라는 말보다는 바르카라고 불러주시면 좋겠군요. 아니면 파헬이라고 불러도 됩니다."

"파헬?"

"옛 친구가 그렇게 부르곤 합니다. 아는 사람이 몇 안 되는 제 이름이죠."

"그렇다면 파헬이라 부르고 싶어요. 아는 사람이 적으니까요. 저와 몇몇 사람만이 아는 이름이라니……"

레즐리가 얼굴을 붉혔다. 바르카에게 특별한 존재가 되었다
는 생각이 들었다.

"파헬, 파헬. ……파헬."

레즐리가 그 이름을 몇 번이나 읊조렸다. 그녀는 이윽고 표
정을 굳혔다.

"드리고 싶은 말씀이 있습니다."

레즐리의 묵직한 선언에 바르카가 깜짝 놀란 얼굴로 상체를
일으켜 세웠다.

"부디 헤어지자는 말이 아니었으면 합니다."

"아뇨, 절대 그럴 일은 없어요. 저를 용서해 주세요. 파헬, 저
와 아버지는 당신을 속이고 있었습니다. 제 아버지 휠란 백작
은 카셀마로니의 귀족이지만 황제의 수하나 다름없어요. 서신
은 카셀마로니로 가지 않았을 겁니다."

바르카가 두 눈을 동그랗게 떴다. 그가 손을 부르르 떨며 레
즐리의 어깨를 잡았다.

"그, 그게 무슨 말입니까? 레즐리?"

레즐리는 차마 바르카를 똑바로 보지 못했다.

"저를 용서해 주세요, 파헬. 부탁이에요. 제발 저를 떠나지
마세요."

레즐리가 모든 걸 고백하며 굵은 눈물을 떨어뜨렸다. 머뭇
거리던 파헬이 레즐리를 꼭 껴안았다.

"우리가 함께할 방법이 분명 있을 겁니다."

사랑을 확인한 레즐리가 안심하며 웃었다. 자신의 감정에 매몰된 그녀는 바르카의 뒤틀린 웃음을 보지 못했다.

Chapter 8

휠란 백작은 잠자리가 편안했다. 직접 황제를 알현하진 못했지만, 그가 전달한 정보 때문에 황제가 흡족해한다는 소식을 들었다.

'포를카나의 바르카 왕이 어지간히도 골칫덩어리였나 보군.'

휠란 백작 덕분에 황제는 바르카의 속내를 캐낼 수 있었다. 바르카는 기회만 있다면 언제든 제국을 배신할 왕이었다.

'대부분의 왕국이 그러하지.'

제국의 속국으로 만족하는 왕국은 없다. 당연히 매년 바치는 조공을 생각하면 속국 처지에서 벗어나고 싶을 것이다.

하지만 제국의 미움을 사면서까지 먼저 깃발을 들어 올리는 왕국은 없었다. 다들 눈치만 보면서 제국의 동태만을 살폈다.

"후후."

휠란 백작이 포도주를 마시며 웃었다. 이번 혼란만 잠잠해지면 제국의 비호를 받아 카셀마로니의 유력귀족이 될 터다.

"다녀오겠습니다, 아버지."

레즐리가 치마 끝자락을 들며 고개를 숙였다. 곱게 차려입은 그녀는 제법 아름다웠다. 미인이라 부르기에는 부족했으나 못 봐줄 정도는 아니었다.

"누굴 만나고 다니는 거냐?"

휠란 백작이 외출이 잦은 레즐리를 향해 물었다.

"걱정하지 않으셔도 돼요. 상대는 지체가 높은 분이니까요."

"그렇다면 다행이지. 넌 똑똑하니까 알아서 하리라 믿는다."

휠란 백작은 외교도구로 레즐리를 이용할 정도로 그녀를 신용했다.

'하지만 계집아이의 진정한 쓰임은 결혼에 있지.'

레즐리의 혼기가 지나가기 전에 좋은 가문의 남자를 찾아 시집을 보내야 할 터다.

"이번에 제비궁에 오래 머무는 건 네 짝을 찾아주기 위한 것이기도 하다. 필요한 게 있다면 뭐든 말해라."

"좋은 말이 한 필 있으면 좋을 것 같아요. 말을 좋아하시는 분이거든요."

"말을 좋아하다니 제법 사내다운 모양이구나. 사내라면 말타기와 사냥을 즐겨야지! 아무렴!"

휠란 백작이 크게 웃었다. 그는 자신의 말을 가져가도 좋다고 레즐리에게 말했다.

레즐리는 바깥으로 나가기 전에 휠란 백작을 돌아보며 무언가를 물었다.

"아버지는 제가 행복하길 원하시나요?"

"딸아이가 행복하지 않길 원하는 아비가 있을 것 같으냐?"

"그럼 제 행복을 빌어주세요."

레즐리가 방긋 웃으며 문밖으로 나갔다. 휠란 백작이 허허 웃으며 딸아이의 등을 바라봤다.

"아무래도 마음에 쏙 드는 남자를 만난 모양이군."

레즐리는 제비궁의 마구간에 들러서 휠란 백작의 말을 꺼내 왔다. 그녀는 말고삐를 잡고는 애타게 누군가를 기다렸다. 머지않아 마구간 근처로 시녀 한 명이 다가왔다.

"파헬, 잘 어울려요."

"그 말이 칭찬인지 아닌지 모르겠군요."

"칭찬이에요."

레즐리가 입을 가리며 웃었다. 그녀는 시녀로 분장한 바르카를 쳐다봤다. 레즐리가 구해온 가발과 시녀복은 바르카의 몸에 딱 맞았다.

바르카가 손을 뻗어서 레즐리의 손가락을 잡았다. 레즐리의 손가락이 미미하게 떨렸다.

"괜찮을 겁니다."

바르카는 레즐리를 왕비로 맞이할 거라 맹세했다. 레즐리는 그 말만 믿고 바르카와 함께 포를카나 왕국으로 갈 셈이었다. 그녀에겐 일생일대의 모험이었다.

레즐리가 바르카의 얼굴을 빤히 쳐다봤다. 가발을 쓰고 옅게 화장까지 하고 나니 얼굴선이 중성적인 여자 같았다. 오히려 떡두꺼비 같은 하녀들보다 더 어여뻤다.

"입만 다물고 있으면 남자인지 모를 거예요."

레즐리는 두근거리는 가슴을 쓸어내렸다.

'……내가 남자와 둘이서 떠날 줄이야.'

제국의 경비들에게 레즐리는 감시대상이 아니었다. 그저 형식적으로 검문을 하며 레즐리와 바르카를 흘겨봤다.

"휠란 가의 영애시군요. 소풍이라도 가시는 겁니까? 아무리 치안이 좋은 하멜이라지만 남자 하나 없이 여자만 둘이서 가는 건 좋은 생각이 아닙니다. 제가 곧 근무시간이 끝나는데 동행을……."

검문을 맡은 기사가 은근슬쩍 운을 띄웠다.

"아니요, 괜찮아요. 하멜의 치안이라면 문제가 없죠. 멀리 가지도 않을 거라서 무슨 일이 생기면 성벽에서도 보일 거예요."

명백한 거절이었다. 기사는 입맛을 다시며 레즐리의 옆에 있는 바르카를 쳐다봤다. 치렁치렁한 갈색 곱슬머리, 그 밑으로 드러난 푸른 눈동자가 몹시도 아름다웠다.

"그런데 시녀치고는 키가 크시군요."

기사가 그리 말하자, 레즐리가 대신 대답했다.

"키만 큰 게 아니라 손도 매섭답니다. 건드리지 않는 게 좋을걸요."

"하하, 딱 제가 좋아하는 성격이군요. 살쾡이 같은 여자가 길들이는 맛이 있지요."

기사가 농담을 던지며 웃었지만 레즐리는 불쾌한 기색을 드러냈다.

머쓱해진 기사가 레즐리를 성 밖으로 내보냈다. 그는 레즐리를 먼저 보내고는 바르카의 허리를 장난스럽게 붙잡았다.

"어이쿠, 돌부리에 걸려서 넘어질 뻔하셨군요. 조심하셔야지."

기사의 손이 바르카의 허리를 더듬다가 엉덩이를 가볍게 쳤다. 바르카는 치미는 목소리를 참으며 빠른 걸음으로 레즐리를 쫓았다.

"거참, 키는 큰데 몸매는 영 원통이구만."

기사가 자신의 손바닥을 바라보며 말했다. 그는 멀어지는 레즐리와 바르카를 보며 다시 검문을 섰다.

레즐리와 바르카는 내성을 벗어나 외성도 무사히 빠져나갔다. 외성에서 나가는 검문은 느슨하기에 통과가 어렵지 않았다.

"저, 정말로 빠져나왔어요. 파헬! 우리가 해냈다고요!"

"잘했어요."

바르카가 중얼거리며 성을 바라봤다. 높은 성벽 위로는 병사들이 오가고 있었다.

성안에는 아직 바르카의 수행원들이 있었다. 바르카가 도망간 걸 알게 되면 그들은 멀쩡하지 못할 터다.

'다시 만나면 좋으련만.'

제국의 감시대상은 바르카다. 수행원들까지 일일이 감시하진 못할 터다. 그들이 개별적으로 성을 빠져나온다면 포를카나에서 다시 만날 수 있을지도 모른다.

'만나지 못하면 죽은 거겠지.'

바르카는 수행원이 죽을 수 있다는 걸 알면서도 탈출을 시도했다. 그는 왕이었고 자신의 생명이 남들보다 귀하다는 걸 알고 있었다.

'루는 모든 생명이 동등하다 말했지만, 분명 왕의 생명은 다른 귀족은 물론이고 일개 백성들보다 무겁다.'

그게 현실이었다. 비겁하다, 말할지 몰라도 바르카는 남을 희생시키면서도 살아야 했다.

'내가 여기서 쓰러진다면…… 날 위해 죽은 사람들의 희생도 의미가 없어지니까.'

바르카는 비열해지는 방법을 배웠다. 루의 가르침에 따라 진실하게 사는 건 불가능했다. 왕은 간교한 뱀이 되어야 한다.

지끈.

자신의 행동이 부끄러웠다. 태양빛을 피해 도망치고 싶었다.

"파헬?"

레즐리가 걱정스레 물었다.

'내 가슴속에서는 한 줌의 연모도 없는데 저 여인을 안으며 사랑을 속삭였지. 나는 얼마나 끔찍하게 타락한 거지?'

배신을 하면서도 배신을 당하고, 남을 속이면서도 속는다. 그런 일상이 어느새 바르카에게 당연한 일이 되었다.

끼릭.

바르카가 품에 넣어둔 단도를 붙잡았다. 그는 앞을 보고 있는 레즐리의 뒷덜미를 바라봤다.

'저 가냘픈 목을 베어 성 앞에 던져둔다면 휠란 백작에게 끔찍한 선물이 되겠지.'

확실한 복수이자 경고였다. 자신을 속인 황제와 휠란 백작을 향한 바르카의 전언이다.

'하지만 그저 낳아준 부모에게 충실했던 아가씨에게 무슨 죄가 있을까……'

바르카는 칼자루를 느슨하게 놓고는 레즐리의 말고삐를 잡았다.

'필요 없는 피를 흘린다면 내가 경멸하던 존재들과 다를 바가 없지.'

바르카는 변해가는 자신을 느꼈지만, 최소한의 선을 지키고자 끝없이 노력했다. 루의 가르침은 한참이나 어겼지만 인간의 도리를 잊지 않았다.

바르카는 당분간 레즐리의 몸종인 척하면서 여장을 했다. 바르카의 외모는 남자라면 어디서나 눈에 띌 정도라서 차라리 여상이 나있다.

"조금만 참아요. 내일은 마을에서 잘 수 있을 겁니다."

"마을이라고 해봐야 정체 모를 벌레가 득실거리는 방을 말하는 거죠? 방이라도 얻으면 다행이지. 아, 아니에요. 괜찮아요."

레즐리가 투덜거리다가 입을 가렸다.

단둘이서 떠나는 여행은 생각보다 더 힘들었다. 특히 레즐리는 처음 겪는 험한 숙영에 금방 지쳐 갔다. 마을의 여관조차 지저분하기 짝이 없어서 곱게 자란 귀족 아가씨에게는 괴로운 잠자리였다.

'전혀 낭만적이지 않아.'

레즐리는 우울한 얼굴로 바르카를 쳐다봤다.

모닥불 앞에서 나란히 별을 세는 일 따윈 없었다. 밤이 되면 벌레에게 물린 부분을 벅벅 긁기에 바빴다. 수풀이 흔들리는 소리에 등골이 오싹해 벌벌 떠는 게 일상이었다.

'이렇게 힘들 줄은 몰랐어.'

레즐리는 팔에 들러붙은 벌레를 쫓아내며 바르카 옆에 바짝 붙었다. 너무 힘들어서 욕정도 솟지 않았다. 그저 빨리 포를카나 왕국에 도착했으면 하는 마음뿐이었다.

'멋진 성이 나를 기다리고 있을 거야. 세상의 모든 여인들이 나를 부러워하겠지. 미녀는 한때지만…… 미남은 평생 가는 거라고 하잖아. 분명 우리의 아이도 무척이나 귀엽고 예쁠 거야.'

레즐리는 반짝일 미래만을 생각하며 현실을 외면하듯 참아 냈다.

스스스.

바람인지 짐승인지 모를 소리가 수풀에서 났다. 레즐리가 얼어붙은 얼굴로 어둠을 응시하다가 아무도 없는 걸 확인하고 나서야 안도의 한숨을 내쉬었다.

"용병이라도 고용하는 게 좋겠어요. 파헬도 예전에 용병단을 고용해서 호위로 썼다면서요?"

"대도시라도 가지 않는 이상에야 용병을 만나기도 힘듭니다. 그리고 자칭 용병이라고 떠드는 떠돌이들 태반이 수가 틀리면 바로 도적으로 변하는 놈들입니다. 믿을 만한 자들이 아니에요. 저는 운이 좋아서 제대로 된 용병단을 만나 호위를 받았던 거죠. 정말 운이 좋았었어요."

바르카가 피식 웃었다.

'유릭의 형제들.'

바르카가 아련한 눈으로 모닥불을 바라봤다. 소중한 이를 잃었으며 힘겨운 시기였지만, 그만큼 많은 추억도 있었다.

'훌쩍 떠나더니 약탈자가 되어 돌아올 줄이야. 넌 항상 나를 놀라게 했지.'

바르카가 모닥불에 장작을 더 넣었다.

"제 이야기의 태반은 한 야만인 덕분에 극적으로 변한 겁니다. 사실 저는 아무것도 아니에요. 남의 힘을 빌리지 않으면 아무것도 못 하는 겁쟁이이며, 얄은수나 쓰는 그런 평범한 사람이죠."

바르카가 중얼거렸지만 듣는 사람은 없었다. 어느새 레즐리는 곤히 잠들어 새근새근 숨을 내쉬었다.

불침번이라도 번갈아 서면 좋겠지만 레즐리에게 그걸 원할 순 없었다. 그렇다고 바르카 혼자서 밤을 지새울 순 없었다.

바르카는 눈을 감고 얕게 잠들었다. 얕게 잠든 탓인지 여러 꿈을 번갈아 가며 꿨다. 악몽도 있었고 좋은 꿈도 있었다.

바스락.

소리가 났다. 바르카는 눈을 번쩍 떴다. 그는 단도를 들고는 주변을 두리번거렸다. 잠을 자던 사람이라고 믿기 힘들 정도로 재빨랐다.

"레즐리."

바르카가 손으로 레즐리의 어깨를 잡아 흔들었다. 레즐리는 좀처럼 깨어나지 못했다.

빠직.

나뭇가지를 밟는 소리가 났다. 바르카는 소리의 방향을 응시했다.

'제발.'

짐승보다 사람이 더 무섭다. 바르카는 소리의 정체가 지나가는 짐승이길 바랐다.

"히히."

웃음소리가 바르카의 등골을 스치고 지나갔다. 바르카는 레즐리의 손바닥을 밟았다.

"아, 아악!"

레즐리가 비명을 지르며 눈을 떴다. 뭐라 따지려던 그녀는 심각한 바르카의 표정을 보곤 입을 다물었다.

바르카가 단도를 역수로 쥐며 자세를 잡았다.

"레즐리, 주변에 누군가가 있습니다."

레즐리는 아직도 잠이 덜 깬 눈으로 주변을 이리저리 둘러봤다. 그녀의 눈에는 아무도 보이지 않았다.

"저, 정말로 누군가 있어요?"

"뒤를 잘 보세요. 서로의 뒤를 봐줘야 합니다, 레즐리."

바르카가 최대한 목청을 가다듬었다. 그도 심장이 목구멍으로 나올 것 같지만 애써 태연한 척했다.

"저는 못, 못해요."

"해야 해요."

바르카는 귀를 기울였다.

어둠 속에서 누군가 걸어 나왔다. 거적때기를 입은 사내 두 명이었다. 차림새는 허름했으나 그들의 도끼와 철퇴는 잘 다듬어져 있었다.

"이런 밤중에 여자 둘이서 뭐 하시나?"

"멍청아, 하나는 남자잖아."

"남자? 왜 옷을 저렇게 입은 거야? 변태야?"

사내들은 도적질을 업으로 삼는 부랑자였다. 그들은 여자 둘이서 야영을 하는 걸 보고 천천히 접근했다. 가까이서 보니 한 명은 남자였지만 체구가 호리호리한 걸 봐서는 힘을 쓸 것 같진 않았다.

"여, 여기 가진 걸 드릴게요. 우릴 보내주세요."

레즐리가 미리 겁을 먹으며 자신의 장신구를 내보였다. 바르카는 이맛살을 찌푸렸다.

'그런 걸 보여주면 오히려 더 날뛰는데……'

바르카의 예상대로 반짝이는 장신구를 본 도적들이 눈을 크게 떴다.

"이야! 우리가 제대로 낚았잖아? 부자야! 부자!"

"여자는 팔아넘기자고. 먼저 우리가 맛본 다음에 말이야, 큭큭."

바르카가 인상을 찌푸렸다. 가진 재산을 먼저 보여준 탓에 협상의 여지도 없었다.

"후우."

바르카가 숨을 내쉬었다.

'어중이떠중이 도적들이다. 하지만 전투 경험은 나보다 풍부하겠지.'

바르카도 왕이 된 이후로 전투훈련을 했지만 실전경험은 거의 없었다. 더군다나 지금 가진 무기는 단도였다.

'내 능력으로 둘은 힘들어.'

바르카는 배운 대로 자세를 취했다. 체계적인 훈련을 받은 왕족답게 자세만큼은 제법 견고했다.

적당한 간격으로 다리를 벌리고, 칼을 쥔 손을 살짝 구부린 채로 뻗었다.

"뭐, 뭐야."

도적들이 당황했다. 바르카의 자세에서 날카로움이 묻어 나왔다.

"제대로 배운 놈 아니야?"

"그 덩치로 힘을 쓰겠어?"

"의외로 고수일 수도 있잖아."

도적들은 머뭇거리며 쉽사리 공격하지 않았다.

'하지만 이미 우리가 갖고 있는 보물을 본 이상에야 포기하

지 않겠지.'

대치는 잠깐이었다. 눈치를 보던 도적 중에 하나가 철퇴를 들고는 바르카를 공격했다.

바르카는 두 눈을 또렷하게 뜨고 철퇴의 움직임을 응시했다. 그는 철퇴를 피하며 단도를 휘둘러 공격을 시도했다.

두 사람의 공격은 빗나가는 걸로 끝났다. 방금의 공방으로 서로의 실력을 가늠할 만했다.

'머리로는 알겠는데 몸이 그만큼 빠르게 움직이지 않아.'

바르카의 심장이 쿵쿵 뛰었다. 당장에라도 소리를 지르고 싶었다.

'그러나 저 도적도 그렇게 강하지 않아. 허술해. 어쩌면……'

바르카의 손아귀에 힘이 불끈 들어갔다. 할 수 있을지도 모른다는 생각이 들었다.

"잠깐!"

도끼를 든 도적이 손을 뻗으며 말했다. 바르카와 철퇴를 든 도적이 한 걸음씩 물러났다.

"협상을 하는 게 어때? 여장한 변태 나리."

도끼 도적이 턱짓을 했다. 그도 바르카와 정면으로 싸웠다간 도적 중에 하나는 죽을지도 모른다는 생각을 했다.

"협상?"

"저 계집만 우리한테 넘기면 댁은 그냥 보내주지."

"가진 돈이라면 전부 주겠다."

"아니, 안 돼. 여자도 있어야 돼. 우리도 보름 만에 보는 여자라고. 그건 양보 못 해."

대화 내용을 들은 레즐리가 바르카의 옷깃이 꽉 붙잡았다.

"파헬, 그러지 않으실 거죠? 저, 저를 넘기지 않으실 거잖아요."

바르카는 확답하지 않았다. 도적 둘과 정면으로 싸워서 이길 가능성은 한없이 낮았다. 기껏해야 한 명을 동무로 삼아 데려가는 정도일 터다.

'나는 많은 사람의 희생을 딛고 여기에 있는 거다.'

충직한 기사 필리온은 바르카를 위해 죽었다. 제국수도의 수행원들도 바르카가 빠져나간 탓에 죽을지도 모른다.

'나를 속인 여자 하나 때문에 여기서 내 목숨을 걸 필요는 없어.'

여기서 바르카가 죽는다면 포를카나는 혼란에 빠질 터다. 많은 백성이 죽을 게 분명했다.

"형씨, 고민하는 척할 것 없어. 그냥 뒷걸음질 쳐서 여길 빠져나가면 돼. 서로서로 좋잖아. 안 그래?"

도적이 능글맞게 웃었다.

"파헬!"

레즐리가 소리를 질렀다.

그녀의 안색이 새파랗게 질렸다. 잠이 확 달아났다. 눈앞에 있는 도적은 현실이었다. 젊은 남녀의 낭만적인 야반도주 따윈 없었다. 제도의 보호에서 한 발자국 벗어나면 인간들도 짐승과 다를 바 없었다.

바르카가 입을 열었다.

"여자를 넘기면 되나?"

"우리도 다 먹고살자고 하는 짓이야. 목숨을 걸고 싸울 생각은 없어."

바르카는 자신의 위치와 지위를 생각했다. 자신의 목숨이 얼마나 중한지는 누구보다 본인이 잘 알았다.

저벅.

바르카가 뒷걸음질 쳤다. 도적의 입가에 만족스러운 미소가 떠올랐다.

"히히, 좋은 선택이요. 아가씨, 이리로 와. 말만 잘 들으면 그냥 풀어줄지도 모른다구."

도적이 레즐리를 향해 손짓했다.

"파헬! 파헬!"

레즐리가 바르카의 팔을 붙잡았다. 도적들이 레즐리의 팔을 잡고 질질 끌고 갔다. 가녀린 그녀의 힘으로는 도적들을 이기지 못했다.

"제발! 절 버리지 마요. 제발……"

레즐리가 절규하며 멀어지는 파헬을 바라봤다. 도적들이 지저분한 손으로 그녀의 피부를 매만졌다.

도적들의 거칠한 손바닥이 은밀한 부위를 찾아다녔다. 레즐리가 발버둥 치며 도적들을 밀어내고 손을 깨물어 봤지만, 도적들은 그저 귀여운 앙탈이라 생각할 뿐이다.

"흐흐, 이게 얼마 만인지."

"빨리해. 다음은 내 차례야."

도적들이 레즐리의 팔을 묶었다. 그들은 바지를 엉거주춤하게 내렸다.

"끅, 끄윽."

레즐리가 고개를 흔들며 눈물을 뚝뚝 흘렸다. 그녀의 젖은 눈동자는 도적들의 가학심만 자극했다.

"그냥 다리 벌리라니까. 귀찮게 하지 말고."

안달이 난 도적이 침을 튀기며 말했다. 그는 한숨을 쉬며 손바닥을 들어 레즐리의 뺨을 때렸다.

짝!

레즐리가 눈을 크게 뜨며 도적을 바라봤다. 그녀는 살아생전 처음으로 죽음의 공포를 느꼈다. 강압적인 사내의 폭력에 손발이 부르르 떨렸다.

"제발."

레즐리의 간절함은 도적의 마음에 닿지 않았다. 그들은 이미 황폐화된 마음을 가진 사내들이었다. 그들의 가슴속에 인간적인 도리 따윈 없었다.

"어? 어? 뭐야?"

망을 보던 도적이 소리를 질렀다. 떠난 줄 알았던 바르카가
이쪽으로 달려오고 있었다.

콰직!

누언가가 도적의 머리를 강타했다.

"칵!"

도적의 머리를 때린 건 묵직한 돌멩이였다. 바르카가 돌멩이
를 던지곤 곧장 도적을 덮쳤다.

푹!

바르카는 균형을 잃은 도적의 목을 찔렀다. 매끄러운 칼날
을 타고 핏물이 흘러내렸다.

"으어, 꺼어억!"

목이 찔린 도적은 피거품을 물며 바르카의 몸을 잡았다. 바
르카는 어깨로 그를 밀치고는 레즐리를 강간하려는 도적을 노
려봤다.

"이, 이 개자식! 약속했잖아!"

도적이 바지춤을 황급히 올려보지만 바르카의 행동이 더
빨랐다. 바르카의 칼날이 도적의 목을 노렸다. 도적은 가까스
로 칼날을 피했다.

"하아, 하아."

바르카의 숨이 벌써 차올랐다. 단순한 체력부족이 아니었다. 살인이라는 중압감이 그의 폐를 강하게 짓눌렀다.

'사람을 죽였어.'

감상에 빠질 시간은 없다. 도적이 채비를 갖추기 전에 재차 공격해야 한다.

횡!

바르카가 단도를 휘둘렀다. 연신 도망치던 도적은 바지를 올리지도 못하고 땅바닥을 굴렀다. 그는 황급히 자신의 철퇴를 찾아 들어 올렸다.

"제기랄, 하몬을 죽인 거냐! 빌어먹을, 내 고향친구인데! 더러운 놈! 약속도 지키지 않는 새끼야!"

철퇴 도적이 절규하듯 바르카를 비난했다. 바르카는 대답 없이 푸른 눈동자로 도적을 응시했다. 서린 긴 눈동자가 빛나는 듯했다.

'내가 이길 수 있을까?'

확신은 없었다. 그저 운이 좋길 바랄 뿐이다.

'유릭이었다면 웃으면서 맨손으로 저놈의 골통을 박살 냈겠지.'

자신의 육체만을 믿고 온갖 난관을 헤쳐 나가는 전사. 바르카는 그런 유릭을 동경했으나 자신은 그런 전사가 되지 못한다는 걸 안다.

'바보 같은 짓이야. 여자 하나를 위해 내 목숨을 위험에 빠

뜨리다니……'

하지만 여기서 레즐리를 그냥 두고 갈 순 없었다. 그건 인간으로서 마지막 무언가를 내던지는 짓이었다.

'죽을 각오도 없는 여자를 도적들 사이에 버려두고 간다면 내 영혼은 결코 구원받지 못하겠지.'

도적이 철퇴를 휘둘렀다. 바르카가 옆으로 피하면서 단도로 도적의 팔을 찍었다.

"개자시이이익!"

도적이 고함을 지르며 바르카에게 달려들었다.

퍽!

바르카는 발로 도적을 걷어찼다. 도적이 비틀거리면서도 철퇴를 크게 휘둘렀다. 엉망진창인 동작이었지만 어쨌거나 저 묵직한 철퇴에 맞으면 죽는다. 바르카가 뒤로 물러나며 기회를 노렸다.

"지금 무기를 버리고 도망가면 목숨을 살려주겠다."

바르카가 숨을 고르며 말했다. 도적이 코웃음 쳤다.

"닥쳐! 하몬의 복수는 이 자리에서 내가 한다! 친구의 죽음을 그냥 넘어간다면 사내도 아니지!"

도적이 이를 드러내며 으르렁거렸다.

"도적질을 하며 무고한 여성을 강간하는 주제에 의리 타령이라니……"

바르카가 고개를 설레설레 저었다. 하지만 이 세상에는 저런 사고방식을 가진 사내가 허다했다. 특히나 야만인이라 불리는 무리들에게 겁탈과 약탈은 죄가 아닌 일상이다. 루의 가르침을 따르는 독실한 신도들만이 그나마 사람다운 원칙을 가지고 살아간다.

'이 세상은 엉망진창이로군.'

바르카가 한숨을 쉬며 도적과 맞섰다.

픽!

도적의 눈먼 철퇴가 바르카의 허벅지를 때렸다. 다행히 뼈가 부러지지 않았다. 바르카는 절뚝이며 전진해 도적의 겨드랑이를 찔렀다.

"카악!"

도적이 비명을 지르면서도 박치기를 했다. 바르카의 몸이 뒤로 갸우뚱 넘어갈 뻔했다. 거리를 내주면 크게 휘두른 철퇴가 바르카의 머리를 깨부술 터다.

'전진.'

바르카는 밀리던 몸을 앞으로 당겼다. 그가 도적의 가슴을 어깨로 밀며 넘어뜨렸다. 두 사람이 뒤엉켰다. 단도를 가진 바르카가 유리한 상황이었다.

뿌득!

도적이 바르카의 오른손을 깨물었다. 단도를 든 손이었다.

"놔!"

바르카가 팔꿈치로 도적의 뺨을 몇 번이나 찍었다. 하지만 도적은 바르카의 오른손을 놓치면 자신이 죽는다는 걸 알기에 집요하게 물고 늘어졌다.

퍽! 퍽!

고요한 밤이었다. 살이 뭉개지는 소리만 났다. 바르카의 안면에는 도적의 피가 잔뜩 튀었다. 그의 팔꿈치는 벌겋게 물들어 핏방울이 뚝뚝 떨어졌다.

"하악, 하악."

도적이 퉁퉁 부어오른 얼굴로 바르카를 쳐다봤다.

"사, 살려주, 십, 쇼."

도적이 힘겹게 말했다. 바르카는 고개를 저었다.

"안 돼. 오늘은 내가 이겼어."

바르카의 눈동자가 서늘하게 빛났다. 그가 도적의 심장에 단도를 박아 넣었다. 칼날이 살과 근육을 뚫고 탱탱한 심장을 찔렀다.

"커억, 컥, 칵!"

도적이 팔다리를 바들바들 떨다가 마침내 숨을 멈췄다.

바르카는 텅 빈 도적의 눈을 똑바로 응시했다. 죽음이 자신의 어깨를 톡톡 두드리는 듯했다. 등을 돌리면 사신이 서 있을 것만 같았다.

"파헬!"

옷매무새가 흐트러진 레즐리가 바르카에게 안겼다. 피 냄새가 진동했지만 그의 체온을 느끼고 싶었다.

"이제 괜찮아요."

바르카가 레즐리의 어깨를 잡았다.

'고작 두 명 상대로.'

실없는 웃음이 나왔다. 그는 레즐리를 지키기 위해 두 명을 상대로 목숨을 걸고 싸웠다. 그것만으로도 심장이 튀어나올 것만 같았고 몇 번이나 죽을 뻔했다.

한때 유릭은 바르카를 위해 무모하리만큼 많은 적과 칼을 맞댔었다. 이런 비렁뱅이 도적이 아니라 제대로 무장한 병사들을 상대로도 당당히 맞섰다.

"레즐리, 할 말이 있어요."

바르카는 얼굴에 묻은 피를 닦으며 레즐리에게 모든 걸 말했다. 그녀를 이용해 황궁을 빠져나가는 게 목적이었다는 말까지 남김없이 내뱉었다.

레즐리가 몇 번이나 아랫입술을 깨물며 새어 나오는 비명을 참았다.

"그럼 당신은 저를 사랑하지 않나요?"

"네, 연모하는 마음이 없습니다. 그저 필요해서 내뱉은 말과 행동입니다. 하지만 이대로 저와 함께 포를카나로 간다면 그대를 왕비로 삼겠습니다. 루에게 맹세코 거짓이 아닙니다."

"제가 그깟 왕비 자리 때문에 당신을 따라나섰다고 생각하나요?"

"제 얼굴 때문이기도 하겠죠."

짝!

그 말을 들은 레즐리가 바르카의 뺨을 세게 때렸다. 부정할 수 없었기에 더 화가 났다. 바르카는 너무나 완벽한 남자였다. 그의 얼굴부터 지위까지 모든 면에서 끌렸었다.

"그럼 어째서 저를 구하셨나요. 그냥 저 지저분한 사내들에게 능욕당하게 놔두시지⋯⋯."

"그건 당신을 위해서가 아니라 제 마음의 평온을 위해서였습니다."

바르카는 솔직하게 말했다. 그는 레즐리에게 많은 상처를 줬다. 하지만 다른 한편으로는 홀가분했다.

"말을 타고 황궁으로 돌아가서도 됩니다. 가도순찰대에게 보호를 청하시면 안전하게 돌아갈 수 있을 겁니다."

"제게 다시 그 뱀굴로 돌아가라고 하시는군요. 파헬, 아니, 바르카 전하. 당신만은 다른 줄 알았습니다."

바르카가 낮게 소리 내어 웃었다.

"저도 다를 바 없는 뱀입니다. 그러지 않았으면 살아남지 못했겠죠."

"환상 속의 왕자님은 결국 없었군요."

레즐리가 말꼬리를 흐렸다. 그녀는 왈칵 새어 나오는 비명을 억눌렀다.

"평범한 남자를 만나 행복하게 사세요, 레즐리."

바르카의 얼굴은 무표정했다.

"정말로 뻔뻔하신 분이셨네요."

레즐리가 어깨를 낮게 들썩이며 얼굴을 가렸다. 그녀는 말에 올라타서 물끄러미 바르카를 쳐다봤다.

'나를 붙잡아줘.'

레즐리가 속으로만 중얼거렸다.

하지만 바르카는 손가락 하나 움직이지 않았다. 그는 온기 없는 눈동자로 레즐리를 보고 있었다.

"안녕, 레즐리."

바르카가 등을 돌리곤 저벅저벅 걸어갔다. 철퇴를 맞은 허벅지에 피멍이 들었지만 걷는 데는 무리가 없었다. 레즐리가 하멜에 도착할 즈음에는 이미 제국령을 벗어난 뒤일 터다.

바르카의 행방불명 소식은 금방 황제의 귀에 들어갔다. 휠란 백작은 자신의 딸도 같이 사라졌다는 사실에 안절부절못했다.

분노한 황제 얀키누스는 포를카나의 수행원들을 붙잡아 집요하게 고문했다. 하지만 바르카는 합류지점 같은 걸 정하지 않고 떠났기에 누구도 바르카의 행방을 알지 못했다. 바르카가 이렇게 대담하게 행동할 줄은 황세조차 예상하지 못했다. 소년의 성장은 어른의 예상보다 훨씬 빨랐다.

제국의 심장도 혼란스러운 와중에 서부의 약탈자들은 진군 방향을 갑작스레 꺾어 곡창지대 마르가뉴 지방을 침공했다. 약탈자들의 예상 이동경로에 미리 주둔하던 카르니우스의 군대는 약탈자들의 행동에 당황했으나 곧장 마르가뉴를 탈환하기 위해 이동했다.

Chapter 9

　대족장의 자리에서는 지금까지 보지 못했던 것이 보였다. 연맹이란 거대한 집단은 살아 있는 생명이나 다름없었다. 수많은 부족장과 세력들이 뒤엉켜서 서로를 견제하고 있었다.

　유릭은 꿈을 자주 꿨다. 편하게 숙면을 취했던 적이 언제인지 까마득할 정도였다. 부족과 연맹, 유릭이 원하지 않던 책임과 짐들이었다. 유릭은 단지 동포가 노예가 되지 않길 바랐을 뿐이다. 젊은 야만인의 가슴에서 피어오른 의기였다.

　-유릭.

　유릭은 목소리 때문에 잠에서 깨어났다. 지즐의 목소리였을까? 아니면 사미칸의 원혼이었을까? 유릭은 그들이 남긴 유산을 짊어졌다. 포기하고 싶어도 내던질 수 없는 저주와 같았다.

웅성, 웅성.

막힌 귀가 열리듯 바깥의 소란이 조금씩 귀로 스며들었다.

철퍽.

유릭은 대야에 담긴 물로 가볍게 세수를 했다. 찬물이 얼굴에 스며들면서 혼탁한 정신이 맑아졌다.

'그래, 나는 마르가뉴를 공격하고 있었지. 오늘은 며칠째였지?'

유릭은 천막 구석에 찌그러진 갑옷을 바라봤다. 갑옷 옆에 놓인 도끼와 칼에는 들러붙은 핏자국이 남아 있었다. 너무나 피곤해서 무구 정비조차 까먹고 잠들었었다.

그동안 몇 차례 야전이 있었고, 도망간 마르가뉴의 군대는 성문을 걸어 잠그고 나오지 않았다.

삐걱.

유릭이 갑옷을 입고는 끈을 동여맸다. 강철흉갑이 아니었다면 유릭도 전쟁터에서 몇 번이나 죽었을 것이다. 찌그러진 자국들이 그 흔적이다.

철컥.

쇠붙이의 이음새에서 소리가 났다. 강철장갑은 맨손으로도 사람을 쉽게 죽이게 해준다. 여차하면 날붙이도 잡을 수도 있다.

연맹의 군대는 더 이상 알몸의 야만인들이 아니다. 그들은 문명세계의 무구로 무장한 군대였다. 연맹은 싸우면 싸울수록 더 강해졌다.

사각, 사각.

유릭은 무기에 들러붙은 피딱지들을 긁어내곤 기름칠을 했다. 사람을 베고 나면 피와 기름이 들러붙어서 날이 무뎌진다. 그 작은 차이가 전장에서는 생사를 가르곤 한다.

스겅.

손질한 무기에서 예리한 소리가 났다. 유릭은 가볍게 칼과 도끼를 휘둘러 보곤 허리춤에 매달았다.

"흐음."

유릭은 밤새 타오르고 남은 재를 물에 섞어서 휘휘 저었다. 잿물을 얼굴에 덕지덕지 발랐다. 새카만 얼굴에서는 눈동자만이 희멀겋게 드러났다.

쿵!

대지가 뒤덮이는 듯한 소리가 났다. 유릭은 천막 밖으로 머리를 내밀었다.

"오오, 시원스레 날아가는군."

유릭이 눈을 가늘게 뜨며 웃었다.

연맹군 진영의 투석기들이 연달아 바위를 날려 보냈다. 성벽 주변으로 바위들이 쿵쿵 떨어졌다.

마르가뉴 지방은 부유했고 요새는 어지간한 왕국의 수도보다 크고 단단했다. 십여 년을 걸쳐 쌓아 올린 성벽은 야만인들에게 난공불락이나 다름없었다.

삐거어어억.

투석기에서는 나뭇결이 찢어지는 듯한 소리가 났다. 투석기 주변에는 문명인 출신 용병들이 소리를 지르며 재장전을 하고 있었다.

투석기를 다루는 용병들은 상당히 귀한 전문인력이었다. 그들 중에서는 제국군 출신 공병도 있다. 포로로 잡혀 있다가 합류한 이도 있었고, 소문을 듣고 연맹군을 찾아온 용병도 있었다.

문명인 용병이 연맹군에 가담한 이유는 오로지 하나였다.

'금화.'

유릭은 능력 있는 문명인들은 우대했다. 제국군 출신이라면 평생 복무해도 벌지 못할 정도의 금화를 전투 몇 번으로 얻을 수 있었다. 연맹군의 전리품 분배과정은 귀족과 지휘관들이 전리품을 독점하던 문명군대와는 달랐다.

연맹군의 수장들은 부족장들이었고 그들은 문명세계의 보물에 대한 탐욕이 적었다. 덕분에 말단 병사들까지 전리품의 분배가 돌아갔다.

유릭의 적극적인 문명인 등용정책은 보수적인 부족전사들의 반발을 불러왔지만, 적어도 전쟁에서는 많은 효과를 봤다.

"대족장, 곧 왼쪽 성벽이 무너질 겁니다."

보고를 들은 유릭이 고개를 끄덕였다. 성안으로 들어가는 길만 열린다면 나머진 부족전사들의 차례였다.

"카타기! 올가! 나를 따라와라."

유릭이 두 명의 전사를 불렀다. 하나는 황혼늑대 부족의 카타기였고, 다른 하나는 서리뱀의 올가였다. 두 사람은 유릭만큼은 아니었지만 연맹 내부에서 많은 공을 쌓은 전사들이었다. 특히 카타기는 발디마의 전투에서도 유릭과 함께 행동했었다.

"명을 기다리고 있었습니다, 대족장."

단풍처럼 불그스름한 갈색머리를 가진 카타기가 고개를 숙이며 예를 표했다. 그는 유릭 또래의 전사였으나 극존칭을 하며 유릭을 숭배하다시피 했다.

"주… 의해라, 유릭. 성벽…… 높다. 무너진 틈도… 좁… 다."

올가의 출신 부족 서리뱀은 서부에서도 외곽인 북서 지방이었다. 원래 다른 언어를 쓰던 부족이라 올가의 말은 어눌했다. 비쩍 마른 올가 주변에는 어쩐지 음침한 어둠이 맴돌았다.

'서리뱀 부족의 올가는 사미칸이 중용하던 전사다.'

올가는 부족장이 아님에도 사미칸이 천인대장으로 삼았었다. 실제로도 올가가 이끈 천인대는 무공이 높았었다.

'사미칸은 사람을 볼 줄 알아. 부족장이 아닌데도 사미칸이 천인대장으로 쓸 거면 대단히 뛰어난 전사라는 거지.'

유릭은 카타기와 올가를 자신의 부장으로 삼았다. 그는 일부로 바위도끼 부족 출신이나 강대부족을 제외하고 약소부족 중에서 뛰어난 전사를 골랐다. 연맹의 정치적 세력균형을 위해서였다.

"올가, 넌 서쪽 성벽을 공략해라. 굳이 넘을 필요는 없어. 도 발만 해서 병력을 그쪽으로 유인해. 카타기, 넌 나와 함께 무 너진 성벽을 돌파한다."

유릭이 쉬고 있는 전사들 사이로 지나갔다. 곤히 앉아서 쉬 고 있던 전사들이 하나둘씩 일어났다.

"유릭."

"대족장."

캉, 캉.

전사들이 무기와 방패를 부딪치거나 바닥을 두들기며 신호를 보냈다. 유릭이 지나가자 전사들도 무기를 들고는 따라나섰다.

대족장의 눈으로 본 연맹은 지금까지와 달랐다. 이들은 모 두 유릭의 책임이다. 그들의 삶과 죽음은 유릭의 명령에 달려 있었다.

'죽음과 삶이 내 손에 있다.'

유릭은 아직도 뻐걱거리는 오른쪽 어깨를 매만졌다. 쇄골이 부러졌으며 그 상태로 번개를 맞은 팔이다. 팔에서 뻐근한 느 낌이 가시지 않았다.

유릭은 오른손 주먹을 폈다가 쥐길 반복했다.

'필요할 때만 움직여 주면 돼.'

주둔지를 오가던 유릭은 전사들의 시선이 느끼곤 심호흡을 했다.

"나는……."

유릭이 운을 뗐다. 전사들이 입을 다물고 유릭의 말을 기다렸다.

사미칸처럼 하늘을 운운하며 거창하게 말하는 재주는 없다. 하지만 유릭에게는 진정성이 있었다. 마음에도 없는 말을 하면서 남을 속이지 않아도 될 만큼 유릭은 올곧은 전사였다. 올곧음은 훈련이나 노력으로 가질 수 없는 타고난 천성이었다.

"……우리가 싸우는 이유는 그렇게 거창하지 않아. 이 땅의 금은보화와 보물을 서부로 가져간다고 무슨 쓸모가 있을까? 금화는 먹지도 못하고, 보물을 하늘에 바친다고 비를 내려주지도 않겠지."

유릭이 칼을 꺼내서 빙글빙글 돌렸다. 그가 언덕 위로 올라가서 말을 이었다.

"그렇다고 우리가 싸움에 굶주린 살인귀냐? 그것도 아니지. 물론 나는 싸우는 걸 그리 싫어하지 않아. 뭐, 싸워서 이기면 기분이 좋긴 하잖아."

전사들이 무기를 들며 호응했다. 유릭이 나섰다는 소식이 퍼지자 전사들이 하나둘씩 천막 바깥으로 나왔다. 자신만의 세력을 갖춘 부족장과 전사들은 냉철한 눈으로 유릭을 바라봤다.

유릭과 사미칸의 방식은 달랐다. 사미칸은 위대한 지도자가 되기 위해 자신을 포장했다.

'유릭은 사미칸처럼 전략적으로 자신을 포장할 필요가 없어. 자신의 존재를 솔직히 드러내는 것만으로도 칭송을 받지.'

부족장들이 새로운 지도자를 지켜보며 날카롭게 평가했다.

유릭은 진정으로 전사들에게 사랑을 받는 존재였다. 조촐한 유릭의 말에도 전사들이 열정적으로 호응했다.

"저들은 우리를 침략했다. 우리보다 더 풍요로운 땅을 가지고 있으면서도 황무지나 다름없는 우리의 땅을 짓밟으려 했지. 놈들이 우리에게 가져갈 게 뭐가 있다고 그렇게 침략을 한 걸까? 나는 이미 제국에게 짓밟힌 민족들을 알아. 패배한 민족은 승자의 노예가 되었지. 놈들이 가져가고 싶은 건 '사람'이다."

유릭이 칼로 땅을 짚으며 고개를 높이 들었다. 그의 가슴이 부풀었고 목소리는 주둔지를 쩌렁쩌렁 울렸다.

"우린 노예가 되지 않는다! 노예가 필요하다면 우리가 아닌 저들이 노예가 될 것이다! 우리를 죽이려고 한다면 우리가 저들을 죽일 것이고, 우릴 겁주기 원한다면 우리가 놈들의 공포가 될 것이다! 무기를 들어라, 형제들이여!"

유릭이 오른팔을 높게 들었다. 번개무늬로 갈라진 화상이 선명하게 드러났다.

전사들이 소리를 내질렀다.

"우리의 존재가 곧 하늘의 뜻이다!"

"그 어떤 불길과 위협조차 우리를 막지 못한다!"

카타기처럼 유릭을 숭배하는 전사들이 외쳤다. 그들은 유릭의 신성성을 믿는 자들이었다. 유릭과 여러 전장을 함께한 자들은 유릭의 주변에서 흐르는 묘한 신성과 축복을 믿을 수밖에 없었다.

'그냥 인간이라면 저렇게 멀쩡하게 살아 있을 수 없어. 하늘의 축복을 받은 사람인 거지.'

카타기가 유릭의 등을 바라봤다. 유릭은 험준한 하늘산맥을 인간의 몸으로 넘었으며, 발디마의 불꽃조차 유릭을 해하지 못했다. 무시무시한 번개는 유릭을 해하기는커녕 사미칸과 대적할 수 있게 축복을 내렸다.

'인간의 아들이 아니야. 말 그대로 대지의 아들인 거지.'

대지에 홀로 남겨진 어린아이를 바위도끼 부족이 거둬 키웠다. 그 아이는 범상치 않은 기질이 있었고, 늘 또래 아이들보다 앞서갔다. 부족의 노파 주술사는 빛의 전사라고 치켜세웠고, 자라서 위대한 전사가 될 거라 부족민들이 수군거렸다.

신비한 과거를 증명하듯, 아이는 자라서 연맹을 이끄는 수장이 되었다.

"성벽이 무너졌습니다!"

마침내 성벽의 일부가 무너지면서 내부가 드러났다.

유릭이 칼을 앞으로 뻗었다. 전사들이 평원을 내달렸다.

마르가뉴를 지키기 위해 모여든 병력은 삼천에 달했다. 약탈자가 온다는 소문을 듣고 마르가뉴 공작은 자신의 모든 병력을 소집해 요새에 배치했다. 제국 최대의 곡창지대인 만큼 병력의 숫자는 만만찮았다.

"어, 어떻게 야만인들이 저런 공성병기를?"

성벽 위의 병사들은 고개를 숙이며 비명을 질렀다.

병사들 입장에서는 이해가 가지 않았다. 제국군이나 쓸법한 공성병기가 야만인 군대에 있었다. 그것도 아주 능숙하게 운용했다. 제국의 공성병기들은 야만인들이 하루아침에 배울 수 있는 기계가 아니다.

제국의 공성병기는 전문적인 교육을 받은 인력이 있어야만 운용이 가능한 병기들이다. 야만인들은 자신들에게 익숙지 않은 분야를 문명인 용병으로 해결했다. 문명인 입장에서는 찢어 죽일 배신자들이지만, 연맹이 제안하는 보수를 듣고도 솔깃하지 않을 사람은 없을 터다.

"성벽이 무너졌다!"

벽돌이 와르르 무너지면서 성벽 위에 있던 병사들이 떨어졌다. 옆으로 튕겨 나온 투석기의 돌이 뒹굴면서 병사들을 피곤

죽으로 만들었다.

뿌우우우-!!

뿔피리가 소리가 평원에서 퍼졌다. 병사들의 사색이 된 얼굴로 평원을 쳐다봤다.

"놈들이 온다아아아!"

소문은 자자했다. 무자비한 서부의 약탈자들.

랑케가트 왕국을 폐허로 만든 무리들이다. 인간이 아니라서 송곳니가 짐승처럼 뾰족하며, 인육을 먹고 피를 마신다는 말도 있었다.

"아, 아아아!"

병사들의 사기가 단숨에 떨어졌다.

"자리를 지켜라! 활을 들어!"

기사들이 성벽 위를 뛰어다니며 병사들을 독려했다.

"서쪽에서도 몰려옵니다! 지원이 필요합니다!"

서쪽 성벽에서 온 전령이 외쳤다.

수비대장은 인상을 찌푸리며 야만인들의 동시다발적인 진군을 바라봤다.

"얕은수를 쓰는군! 서쪽은 함정이다! 서쪽의 궁수들을 이쪽으로 배치해!"

수비대장의 판단은 정확했다. 야만인들은 무너진 성벽으로 들어올 터다. 서쪽의 야만인들은 병력을 유인하기 위한 방책이었다.

쿵, 쿵.

수비대장이 묵직한 몸을 이끌고 성벽 아래로 내려갔다. 그는 기사와 정예병을 무너진 성벽 틈에 배치했다. 삼천의 병력 중에서도 제대로 싸울 줄 아는 병사는 기껏해야 수백에 불과했다. 나머진 징집병인지라 머릿수만 채우는 정도였다.

"죽는 한이 있어도 여길 사수한다! 야만인들이 우리의 영토를 짓밟게 놔둘 셈이냐!"

수비대장이 무너진 성벽의 틈을 보며 외쳤다.

'틈은 좁아. 튀어나오는 야만인들을 막을 수 있어.'

야만전사의 무서움은 수비대장도 알고 있다. 여기서 야만인들의 침입을 막지 못하면 마르가뉴가 쑥대밭이 될 터다.

"쏴라!"

성벽 위에서는 궁수들이 손가락에서 피가 날 정도로 활시위를 당겼다.

야만인들은 방패를 위로 들어 올리며 화살비를 막았다. 성벽 가까이 접근한 전사들은 화살이 빼곡히 박힌 방패를 내던지곤 무너진 성벽 틈새로 몸을 날렸다.

푹!

병사들이 창을 들어서 무너진 성벽으로 들어오는 전사들을 공격했다. 그대로 창에 꿰여 죽는 전사도 있었으나 방패와 갑옷으로 창칼을 막아낸 전사들도 있었다.

"오오오오오!"

성벽 안쪽으로 들어온 전사들이 날뛰기 시작했다. 하지만 대기하고 있던 병사들도 만만치 않았다. 돌입하고자 하는 전사들과 막고자 하는 병사들 간의 소모전이 이어졌다. 좁은 틈새 사이로 시체들이 쌓여만 갔다.

캉.

유릭이 칼을 뽑으며 무너진 성벽 틈새로 걸어갔다. 저 앞에서는 싸우고 있는 전사들이 보였다. 여기서 소모전이 길어지면 죽는 전사만 많아질 뿐이었다.

"흠."

유릭이 다른 한 손으로 땅바닥에 떨어진 방패를 아무거나 붙잡았다. 방패를 들지 않으면 저 안에서 몸성히 나오기 힘들 것 같았다.

"대족장, 제가 먼저 들어가겠습니다."

유릭의 옆에 바짝 붙어 있는 카타기가 말했다. 자신이 여기서 죽을지라도 유릭의 안전을 우선시하겠다는 충심이었다. 그는 자신의 마음을 유릭이 알아주길 바라며 무기를 굳게 붙잡았다.

딱!

유릭이 카타기의 뒤통수를 힘껏 때렸다. 카타기의 몸이 넘어질 듯이 앞으로 기울어졌다.

가까스로 넘어지지 않은 카타기가 어리둥절한 얼굴로 유릭을 올려다봤다.

"얌마, 나대지 말고 내 엉덩이나 잘 보고 쫓아와라."

유릭이 숨을 코로 내뱉으며 말했다. 그는 눈먼 화살과 창에 죽지 않기만을 바라며 앞으로 나아갔다. 온갖 쇠붙이들이 기다렸다는 듯이 마중을 나왔다.

유릭은 눈을 크게 뜨고 자신을 향해 날아오는 화살을 응시했다. 그는 방패를 기울여 화살을 막아냈다.

푹!

화살들이 방패에 박혔다. 진동이 방패를 타고 팔을 울렸다.

"대족장을 따르라아아아!"

카타기가 외쳤다.

그는 유릭이 고립될까 봐 몸을 사리지 않고 무너진 성벽 안으로 뛰어들어 갔다. 전사들이 화살세례에도 아랑곳하지 않고 그 뒤를 쫓았다.

전략과 전술만큼이나 중요한 건 군대의 사기다. 지휘관이 선두에서 돌격하는 건 때때로 군대의 사기를 단번에 끌어내는 방법이다.

화살을 막아낸 유릭이 겹겹이 둘러싼 병사들을 바라봤다. 그들의 각오가 느껴졌다.

'좁은 틈새에서 우리를 막아낸다는 생각이겠지.'

보병전은 연맹군이 압도적으로 유리하다. 연맹군을 막으려면 대등한 수의 중보병이 필요했다. 마르가뉴에 배치된 중보병은 기껏해야 오백이다.

"오오오오오!"

유릭이 소리를 지르며 전진했다. 덩치가 큰 야만전사의 등장에 병사들의 얼굴은 공포로 물들었다.

"흐아아앗!"

병사들이 훈련받은 대로 창을 찔렀다. 유릭은 겨드랑이 사이로 창을 붙잡고는 병사를 진형 바깥으로 끌어냈다.

끌려 나온 병사는 황급히 진형 안으로 돌아가려 했으나 등 뒤에서 뻗어오는 칼날을 피하지 못했다.

스겅!

유릭이 휘두른 칼에 병사의 목이 달아났다. 그는 떨어지는 병사의 머리를 걷어차서 앞으로 날렸다.

"히이이익!"

병사들이 죽은 동료의 머리를 받아 들곤 기겁했다. 지금까지 그들이 경험하지 못한 잔혹함이었다. 성벽 안으로 들어오는 야만인들이 같은 인간으로 느껴지지 않았다.

'공포.'

냉정하게 따져 보면 연맹군은 압도적 열세에 있었다. 고작 1만의 전사 무리로 제국에 타격을 주려면 온갖 꾀를 다 짜내야 된다.

'제국을 무너뜨릴 수 있다는 생각은 하지도 않아. 서부를 노리지 못할 정도로만 망가뜨리면 된다.'

유릭은 자신이 가진 모든 무기를 썼다. 가장 중요한 무기는 공포였다.

"와아아아악!"

유릭이 힘껏 소리를 내질렀다. 짐승 같은 포효에 다가오던 병사들이 움찔했다. 유릭은 도끼를 던져서 병사 한 명을 죽였다.

죽은 병사 주변으로 진형이 흐트러지며 갈라졌다.

유릭이라는 개인이 아무리 뛰어나도 백 명의 전사를 베는 건 불가능했다. 하지만 전장에서 유릭은 백 명의 전사보다 더 큰 영향력을 발휘한다. 단지 혼자서 열 명 정도만 압도하면 충분했다. 그 기세만으로 적의 진형은 흐트러지고 아군의 움직임에는 탄력을 받는다.

백병전에서는 개인의 무력이 전황에 영향을 미친다. 유릭은 이미 전장에 영향력을 미치는 방법을 알고 있었다. 그는 실전 경험으로 닳고 닳은 전사였다.

'검귀 페르젠, 그 영감탱이가 어떤 방법으로 전설이 되었는지 알 것 같아.'

검귀 페르젠이 다리 위에서 백 명을 막아냈다는 이야기가 있다. 무척이나 유명한 일화였으나 페르젠이 아무리 강하더라도 백 명을 상대로 이기는 건 불가능하다.

'처음에 수어 명을 빠르게 제압하고 허풍을 떨어냈겠지. 명성에 짓눌린 적들은 페르젠이 막고 있는 다리를 넘어설 생각을 못 했을 거고.'

목숨을 건 허세가 성공한다면 능력이 된다.

유릭은 단지 앞으로 나서서 병사 몇 명을 베었을 뿐이지만, 다른 사람들 눈에는 혼자서 적진을 돌파한 것처럼 보였다. 물론 위험한 일인 건 마찬가지지만 인간의 능력으로 못할 정도는 아니었다.

혼자서 백 명의 역할을 하고 싶다면, 정말로 백 명만큼 강하지 않아도 된다. 그저 다른 사람들보다 조금 더 강하면 된다.

"카아아아악!"

병사들이 비명을 지른다.

유릭은 잘라낸 머리채를 잡고는 들어 올리며 함성을 내질렀다.

"우오오오오오오-!!"

유릭의 외침이 신호인 것처럼 전사들이 몸을 사리지 않고 뛰어들었다.

마르가뉴의 수비대장은 흐름을 느꼈다. 좁은 틈을 비집고 나온 야만인들이 점차 많아졌다.

'죽는 한이 있어도 여길 사수해야 한다.'

수비대장은 도망가는 병사를 잡아 그 목을 베었다.

"싸워라! 앞으로 나아가라! 우리의 가족들이 야만인들에게 유린당하도록 놔둘 셈이냐! 싸워라! 마르가뉴의 아들들아! 이 땅을 지켜라!"

수비대장이 절박하게 외쳤다. 기사들은 사기를 잃고 도망가는 병사들을 잡아 즉결처형을 했다.

병사들도 이렇게 하나 저렇게 하나 죽는 건 마찬가지였기에 자리를 지켜야 했다. 그들은 딜딜 떨며 몰려오는 야만인들을 바라봤다.

'아직 끝나지 않았어. 여기서 버틸 수 있는 만큼 버틴다.'

아직 전투는 끝나지 않았다. 흐름이 야만인 쪽에 유리했지만, 좁은 틈새를 둘러싼 병사들의 진은 무너지지 않았다.

"저놈이 대장이다! 공격해!"

수비대장이 냉철한 눈으로 유릭을 가리키며 궁수부대를 지휘했다. 야만인의 수장이 죽는다면 빼앗긴 흐름을 찾아올 수 있을 터다.

"이야, 만만찮은걸."

유릭이 경쾌하게 외치며 고개를 숙였다. 화살이 그의 머리 위를 스쳐 지나갔다. 빗나간 화살은 다른 전사의 안면을 꿰뚫었다. 전장에서 눈먼 화살로 죽는 경우는 흔해빠진 일이다.

'저쪽 지휘관은 요령이 있는 놈이야. 어떻게든 끝까지 버티는군.'

유릭은 상대 지휘관을 높게 평가했다. 이 정도로 밀어붙였는데도 적들이 무너지지 않았다.

수비대장은 도망가는 병사의 목을 베면서까지 진형을 끝까지 유지했다. 병사들에게는 안 된 일이지만 전장에서는 필요한 수단이었다.

유릭은 활을 꺼내 들었다. 그는 혼란스러운 와중에도 마르가뉴의 수비대장을 알아봤다. 유독 말이 많고 손가락 지시가 많은 기사였다.

'저놈을 죽이면 금방 무너질 거다.'

유릭이 활시위를 당겼다. 그의 눈동자는 수비대장을 좇았다.

끼릭.

유릭은 수비대장의 움직임이 멎을 때까지 기다렸다. 거리가 제법 되어서 움직이면 맞히기 힘들었다. 더군다나 갑옷을 입고 있어서 노릴 곳이란 머리밖에 없다.

퉁!

유릭이 시위를 놓았다. 화살이 전장을 가로지르며 수비대장을 향해 날아갔다.

"카악!"

비명은 엉뚱한 곳에서 나왔다. 수비대장 곁에 있던 기사가 겨드랑이에 화살을 맞았다.

"어라?"

유릭이 고개를 갸웃하며 자신의 손가락을 바라봤다. 화살이 빗나가도 한참이나 엇나갔다.

'오른쪽 눈 때문이로군.'

유릭의 오른쪽 눈은 탁했다. 아침에 일어나면 시야가 뿌옇곤 했다. 원래라면 명중할 거리도 지금은 초점이 맞지 않아 빗나갔다.

'이거 활쏘기를 다시 연습해야 하겠군.'

유릭은 활을 등에 다시 걸곤 한숨을 쉬었다.

"이렇게 된 이상 정면 돌파를 해야겠지."

다소 희생이 있겠지만 어쩔 수 없었다. 유릭이 그리 생각하던 찰나에 성 서쪽에서 요란한 소리가 났다.

"서쪽 성벽이 뚫렸습니다! 야만인들이 넘어오고 있습니다! 커억!"

상처투성이 전령이 수비대장에게 보고하곤 쓰러졌다. 등에 화살이 박힌 채로 꾸역꾸역 뛰어와 보고를 한 사내였다.

"서쪽?"

수비대장은 죽은 전령의 뜬 눈을 손으로 쓸어내리며 서쪽을 쳐다봤다. 서쪽의 병력을 빼와서 무너진 성벽으로 배치하긴 했었다. 서쪽으로 접근한 야만인들이 실제로 공격하진 않을 거라 판단했기 때문이다.

하지만 서쪽의 야만인들은 과감하게 서쪽 성벽을 공략해 넘었다. 서쪽 성벽에는 최소한의 병력만 남았기에 높은 성벽조차 무용지물이었다.

"큭, 큭큭."

서리뱀 부족의 올가가 어깨를 들썩이며 서쪽 성벽 위로 올라섰다. 그는 천 명의 전사를 이끌고 서쪽 성벽을 공략했다.

'대족장의 명령은 유인이었지만……. 서쪽의 병력이 몰려들지 않고 오히려 빠졌지.'

올가는 자의적 판단으로 서쪽 성벽을 공략했다.

사다리와 밧줄을 이용한 원시적인 성벽공략이었지만, 성벽 위의 병력이 워낙 적은 터라 전사들이 파죽지세로 서쪽 성벽을 돌파했다.

카잉!

올가가 창을 앞으로 뻗으며 진군 방향을 지휘했다. 올가의 전사들이 서쪽부터 성을 휩쓸었다. 그들이 지나간 자리로는 병사의 시체만 가득했다.

올가의 전사들을 무너진 성벽을 돌파하는 연맹주력군을 도왔다. 서쪽에서 나타난 올가와 전사들은 마르가뉴 병사들의 진영을 후방부터 파괴했다.

"어라? 저기서 왜 올가와 애들이 나오는 거야?"

유릭은 쓰러진 병사의 배를 칼로 가르며 고개를 들었다. 유릭의 발밑으로 내장의 악취가 모락모락 피어올랐다.

"올가가 대족장의 명령을 어기고 서쪽 성벽을 넘은 것 같습니다."

카타기가 이를 바득바득 갈며 말했다.

"역시 우수한걸. 알아서 행동하는군."

유릭이 올가를 칭찬했다. 카타기가 인상을 찌푸렸다.

"서쪽 성벽을 위협만 하라는 대족장의 명령을 어긴 겁니다! 나중에 벌을 줘야 합니다."

"내 명령만 따를 거면 공들여서 인재를 찾을 이유가 없지."

유릭이 올가의 부대를 바라봤다. 전투의 흐름은 완전히 기울었다. 병사들의 비명만 사방에서 터져 나왔다.

유릭은 시체들을 밟아가며 올가의 부대와 마주했다.

"서쪽… 병… 사 얼마 없어… 서 공… 격했다."

올가가 그리 말하며 자신의 창에 묻은 피를 닦았다.

"난 위협만 하라고 했는데?"

"내… 판단이 옳… 다. 불만… 있으… 면 날… 쓰지… 마라."

올가는 유릭에게 아첨을 하지 않았다. 그는 고요한 눈동자로 창을 굳게 쥐고 있었다.

"대족장께 그게 무슨 무례인 거냐! 올가!"

카타기가 오히려 노발대발하며 나섰다. 올가가 카타기를 노려봤다.

"말 잘… 듣는… 개가 필요하… 다면 저… 놈만으로… 충분… 하지 않… 나…?"

올가가 코웃음을 쳤다. 카타기의 얼굴이 붉어졌다.

"그만둬. 올가는 잘 대처했다. 덕분에 쉽게 끝났어. 결과만 좋으면 된 거지."

유릭은 결투가 벌어지기 전에 카타기를 제지했다. 하늘 같은 유릭의 말에 카타기는 입을 다물었다.

'올가는 숨겨진 똑똑이로군. 역시 사미칸이 중용한 이유가 있었어.'

속내를 알 수 없는 전사였으나 능력만큼은 확실했다.

"올가를 가까이 둬선 안 됩니다. 저놈은 사미칸이 신뢰하던 전사인 데다가…… 대족장에게 경의를 표하지 않습니다."

카타기는 멀어지는 올가를 보며 유릭에게 조언했다.

"하하, 무슨 일이 생기면 네가 날 지켜줄 거잖아, 카타기."

유릭이 웃으면서 피비린내가 자욱한 전장을 걸었다. 창을 든 전사들이 여기저기 찌르며 쓰러진 병사들을 확인사살하고 있었다.

"물론입니다. 제 목이 붙어 있는 한 그 누구도 대족장을 해하지 못할 겁니다."

"그러면 됐어. 당장은 제국과 싸우는 게 먼저야. 사소한 알력다툼 때문에 우수한 전사를 놀려두면 안 되지."

"과연! 역시 그릇이 크시군요."

카타기가 눈을 동그랗게 뜨며 말했다.

점령당한 마르가뉴에서는 비명이 끊이지 않았다. 마르가뉴의 기름진 논밭은 불타올랐고 곡간은 텅텅 비었다. 아녀자들의 흐느낌이 집집마다 흘러나왔다.

"이, 이 짐승 같은 놈들!"

마르가뉴 공작이 유릭 앞으로 끌려 나왔다. 보물만 챙겨 도망가던 걸 선사들이 잡아 왔다. 마르가뉴 공작은 발로 걷어차면 공처럼 구를 정도로 체구가 뚱뚱한 사내였다.

"순순히 항복했다면 피해가 크진 않았을 거야. 항복권고를 무시한 건 네놈이잖아? 덕분에 우리도 피해가 꽤 있었어."

유릭이 의자에 앉은 채로 말했다. 유릭의 유창한 제국어에 마르가뉴 공작이 눈을 크게 떴다.

"그게 침략한 놈들이 할 말이냐아아아아!"

마르가뉴 공작이 억울한 나머지 소리를 빽 질렀다.

"뭐라는 거야? 돼지면 돼지답게 꿀꿀거리라고."

유릭이 부족어로 그리 말하자 옆에 있던 부족장과 전사들이 배를 잡고 웃었다. 비웃음당한 걸 안 마르가뉴 공작은 혀를 깨물고 죽고 싶었다. 물론 그럴 용기는 없었다.

"저놈의 목을 잘라서 장대에 꽂아 다닙시다!"

"오우!"

전사들이 도끼를 들곤 마르가뉴 공작 주변을 오갔다. 마르가뉴 공작은 기겁하며 오줌을 지렸다.

"이 땅을 지키던 병사와 기사들은 용맹하게 싸우다 죽었다. 그 수장이라면 당당하게 고개를 들어라."

유릭이 자신의 뺨에 묻은 피를 닦으며 말했다.

마르가뉴 공작은 뱃살이 떨릴 정도로 파들파들 떨었다. 그의 목숨이 위험했다. 이건 귀족끼리의 전쟁이 아니다. 야만인은 귀족과 평민을 가리지 않고 전부 죽인다.

카앙.

유릭이 칼을 마르가뉴 공작 앞에 던졌다. 마르가뉴 공작이 영문을 모르겠다는 표정으로 유릭을 올려다봤다.

"사람들 위에 서는 자라면 그에 걸맞은 자격을 증명해라, 공작. 기개를 보이면 목숨을 살려주지. 그 칼을 들고 내 목을 노려봐."

유릭이 검지를 들어 자신의 목젖을 가리켰다.

마르가뉴 공작이 머뭇머뭇하며 칼자루를 잡았다.

'날 가지고 노는 건가? 진심인 거야?'

마르가뉴 공작은 유릭의 의중을 읽기 위해 눈을 흘겼다. 그는 주변 전사들의 표정까지 살피며 살길을 모색했다. 엉거주춤하게 일어서려는 찰나에 무언가가 그의 머리를 향해 날아왔다.

쾌직!

마르가뉴 공작의 이마에 도끼가 박혔다. 도끼를 던진 유릭은 팔을 뻗은 채로 마르가뉴 공작이 쓰러지는 걸 바라봤다.

"네 땅을 파괴하고 백성들을 죽인 원수가 눈앞에 있는데도, 그저 네 몸보신에 급급해 눈치를 살피는군. 죽어 마땅하다."

죽어가는 마르가뉴 공작의 몸이 파르르 떨렸다. 유릭이 일어나서 공작의 머리를 밟았다. 그는 공작의 이마에 박힌 도끼를 흔들어 빼냈다. 핏물이 도끼날을 따라 뚝뚝 떨어졌다.

"저 돼지의 목을 성문에 내걸어라."

유릭이 말했다.

카타기가 도끼를 힘껏 휘둘러 죽은 마르가뉴 공작의 목을 베었다.

Chapter 10

"히히, 시작하자고."

전사들의 웃음소리가 곳곳에서 퍼졌다.

자비는 항복한 도시에만 베푼다. 마르가뉴는 결사항전하며 연맹군을 애먹였고, 부족전사들은 죽은 형제의 넋을 기리듯 더 잔혹하게 도시를 약탈하고 불태웠다.

끼익.

부족전사가 도끼를 들고 집 안의 문을 열었다. 안쪽에서 인기척이 났다.

"이노오오옴!"

허리가 꼬부라진 노인이 괭이를 들고 전사를 공격했다.

"뭐야! 이 영감탱이는?"

공격당한 전사가 가뿐하게 괭이를 피했다. 그 옆에 있던 다른 전사가 노인의 가슴을 창으로 찔렀다.

"커어어억!"

노인이 피를 토하며 주저앉았다. 그가 손톱으로 전사의 다리를 벅벅 긁었다.

'루여, 부디 제 손녀를 지켜주소서.'

노인은 경련하더니 이윽고 쓰러졌다. 전사들은 노인의 시체를 짓밟으며 피가 묻은 발로 집 안을 뒤졌다.

"쿵, 쿵."

여자 냄새를 맡은 전사가 침대를 발칵 뒤집었다. 침대 밑에 숨어 있던 소녀가 비명을 내질렀다.

"여기 여자야, 여자."

"너부터 해. 나는 가져갈 만한 게 있는지 찾아볼 테니까."

전사들은 식탁에 놓인 채소를 으적으적 씹어 먹었다. 그들은 집 안의 가구를 부수며 반짝이는 물건 따위를 포대에 아무렇게나 집어넣었다.

"이번에 대족장이 바뀐 건 어떻게 생각해?"

"난 아무래도 좋아. 싸움은 지금 대족장인 유릭이 더 잘하잖아. 싸움만 잘하면 된 거지."

전사들이 웃었다.

삐걱.

문이 열리는 소리가 났다. 여자를 겁탈하려던 전사가 소리를 질렀다.

"여긴 우리가 먼저 들어왔어! 다른 집에 가보라고!"

그러나 발소리는 더 가까워졌다.

"그만두십쇼."

어눌한 부족어였다. 전사들이 인상을 찌푸리며 집 안으로 들어온 사내를 쳐다봤다.

"그 외팔이잖아? 제기랄."

전사들이 사내를 알아보곤 자기네들끼리 떠들었다.

집 안에 들어온 사내는 고트발이었다. 그 뒤에는 고트발의 호위를 맡은 전사 두 명이 서 있었다.

"이건 우리의 권리라고."

전사들이 투덜거리면서도 굳이 고트발 앞에서 여자를 겁탈하진 않았다. 그들은 혀를 차며 재물만 챙겨서 집 밖으로 나갔다.

"흐끄끄윽."

옷이 반쯤 찢어진 소녀가 구석에서 몸을 웅크렸다.

"이제 괜찮습니다."

고트발이 한 손으로 소녀의 어깨를 잡아서 진정시켰다.

'내가 할 수 있는 건 이 정도뿐이지.'

약탈 행위를 막진 못한다. 그건 유릭조차 못하는 일이다. 대족장의 이름으로 약탈금지령을 내리더라도 기껏해야 휘하의 직속전사들이나 따를 터다.

고트발은 되도록 많은 사람을 구하기 위해 움직였다. 그는 문명인과 야만인을 가리지 않고 치료하고 보호했다. 부족전사들도 유릭의 총애를 받는 고트발을 함부로 건드리지 못했다.

"뭐, 괴짜이긴 한데 치료하는 기술은 좋잖아."

고트발의 의술은 상당한 편이었다. 죽을 상처조차 낫게 만든다는 소문이 돌았다. 부상을 입은 부족전사들도 고트발의 소문을 듣고 찾아오곤 했다.

'루여, 이게 당신의 징벌인 겁니까.'

고트발이 옷자락을 질질 끌며 걸었다. 광장에서는 밤새 즐기고 마시는 야만인 무리가 보였다. 이들은 유릭과 달리 철저한 야만인들이었다.

'유릭은 문명세계를 동경하면서도 동화되려고 노력했어. 글자까지 배워가며 이해하려 했지.'

고트발은 기나긴 한숨을 내쉬었다. 저들을 설득할 자신이 없었다.

'이들은 우리의 시련이다.'

고트발은 그리 생각하고 싶었다. 하지만 죄 없는 자들의 고통이 너무나 컸다.

"고트발, 대족장이 부릅니다."

제국어를 익힌 전사가 고트발을 불렀다. 고트발은 고개를 끄덕이곤 전사들 사이를 가로질러 마르가뉴의 내성 안으로 들어갔다.

유릭이 영주의 의자에 앉은 채로 고트발을 마주했다. 주변에는 전사들이 유릭을 호위하듯 서성였다.

"정말 대단해. 이 성을 짓는 데 도대체 얼마나 걸렸을까?"

"수십 년을 걸쳐 쌓아 올려도 부수는 데는 며칠이면 충분하죠."

고트발이 돌기둥에 묻은 핏자국을 손끝으로 훑으며 말했다.

"너무 그러진 마. 나는 마르가뉴 공작에게 기회를 줬어. 항복하면 최소한의 피해로 끝내겠다고 약속했지."

"항복하든 항전하든 죄 없는 백성들은 고통을 받고 있습니다."

"전쟁은 원래 고통이야. 몰랐어? 이곳 사람들이 고통을 받지 않으면 고통을 받는 건 내 동포들이겠지. 어느 쪽이든 누군가는 고통을 받아야 돼. 그게 현실이다."

유릭이 빈정거리듯 말했다.

하지만 그도 고트발의 말뜻은 이해했다.

"제가 이상주의자라는 건 저도 압니다만, 그게 나쁜 건 아니죠."

"……하여튼 말장난하려고 부른 건 아니야. 전사들이 네 행동에 불만을 제기하고 있어. 자꾸 멋대로 끼어들어서 약탈을 제지하다간 죽을 수도 있으니까 조심해."

"걱정하지 않습니다. 당신이 저를 지켜줄 테니까요."

"날 너무 믿지 마. 필요하다면 네 죽음을 외면할 테니까."

"당신이 저를 죽게 놔둔다면, 그것 역시 제가 납득할 만한 이유가 있는 거겠죠."

유릭이 낮게 신음했다.

'말로는 이기지 못하겠어.'

고트발에겐 그 어떤 협박이나 으름장도 먹히지 않는다. 보통 사람이라면 두려워할 만한 죽음조차 고트발에겐 아무것도 아니었다.

'고트발은 공포가 먹히지 않는 상대지.'

힘으로 고트발을 설득할 수 있었다면 진작 그랬을 터다.

"제가 준 태양 목걸이를 걸고 계시는군요."

고트발이 검지를 뻗어 유릭의 목에서 흔들리는 태양 목걸이를 가리켰다.

"신의 가호를 하나라도 더 받아서 손해 볼 건 없잖아. 루가 사미칸의 목숨도 구해줬는데, 또 알아? 내 목숨도 구해줄지?"

"그런 불순한 생각으로 신을 믿다간 벌을 받을 겁니다."

유릭은 대답 없이 어깨만 으쓱했다.

연맹군은 마르가뉴에서 오래 머물 생각이 없었다. 그들은 마르가뉴에서 군량을 비축하고 바로 떠날 생각이었다.

망루에 선 유릭은 고개를 옆으로 기울이며 지평선을 바라봤다.

'제국군은 우리를 쫓고 있겠지.'

초조한 건 제국군이다. 그들은 어떻게든 자신들의 영토에서 약탈자를 걷어내야 할 터다.

게오르크가 망루 계단을 올라 유릭의 옆에 섰다.

"유릭, 피르가모 정찰대가 제국군의 첨병을 발견했다고 합니다. 내일 바로 여길 뜨는 게 좋을 것 같습니다. 보급은 충분합니다."

"우린 동쪽으로 갈 거다."

유릭이 뜬금없이 중얼거렸다.

"네? 동쪽이면 막혔습니다. 거긴 포를카나 왕국……."

게오르크가 말을 하다가 눈을 크게 떴다.

"그래, 포를카나 왕국으로 들어갈 거야. 내 친구가 길을 열어주지 않으면 힘으로라도 돌파할 거다."

유릭은 결정했다.

'파헬에게는 미안한 이야기지만, 나는 연맹군을 책임져야 돼.'

만약 대화가 잘 풀리지 않더라도 유릭은 강제로 포를카나 왕국 안으로 들어갈 생각이었다. 포를카나 왕국은 방어에 유리한 지형이다. 대통합 전쟁에서도 제국군은 포를카나를 점령하느라 많은 군사력을 소비했었다.

포를카나는 해안선을 따라 세워진 왕국인지라 영토가 길고 좁다. 절벽과 산도 많아서 제국군의 중기병이 힘을 발휘하기 힘들다.

'제국군은 우리를 최대한 빨리 쫓아내야 하는 입장이다. 불리한 줄 알면서도 포를카나에 들어올 수밖에 없겠지.'

포를카나는 유릭에게 익숙한 지형이기도 했다. 유릭은 가장 유리한 곳에서 제국군을 맞이할 생각이었다.

초여름에 접어드는데도 북부전선에서는 밤이면 입김이 모락모락 피어올랐다.

북부제국군을 지휘하고 있는 건 태양전사단장 알프난이었다. 그는 때아닌 몸살감기에 며칠이나 천막에서 나오지 못했다.

"쿨럭, 쿨럭."

알프난이 누런 가래침을 내뱉고는 뜨거운 물을 마셨다.

'북부인인 내가 초여름에 몸살감기이라니……'

알프난은 몸을 구부리며 자조했다.

북부전선은 고통스러웠다. 뚫지 못할 방어선을 향해 무의미하게 돌격하며 소모전만 반복했다. 반란군에 합류한 태양전사들 때문에 전략적 우위조차 잡기 힘들었다.

알프난은 태양전사단장으로서 공을 세워야 한다는 압박감 때문에 밤잠을 이루지 못했다. 병이 나는 것도 어쩌면 당연했다.

'평생을 바쳐 일궈온 모든 것이 가라앉기 직전이다.'

그 생각만 하면 편히 누워서 쉬지도 못했다. 알프난은 가까스로 몸을 일으켜 세웠다.

"누워 있을 때가 아니야. 쉐라드!"

알프난이 종자를 불렀다. 쉐라드는 한참이나 대답이 없다가 사색이 된 표정으로 천막 안으로 들어왔다.

"아, 알프난 님!"

"내 갑옷과 칼을 준비해라. 부장들에게 집합하라고 해."

"그, 그게 지금 중요한 게 아니라⋯⋯."

"내 명령보다 중요한 게 어디 있단 말이냐!"

알프난이 크게 호통을 쳤다. 종자는 숨을 크게 들이마시곤 소리를 지르듯 대답했다.

"폐하께서 오셨습니다! 황제폐하께서 북부전선에 오셨습니다!"

그 말을 듣자마자 알프난은 두통마저 달아나는 느낌이었다. 그는 벌떡 일어나서 외투와 망토를 걸쳤다.

"그게 무슨 소리냐! 서신 한 통도 없이 폐하께서 북부전선에 오실 리가 없지 않느냐!"

"그, 그런데 정말 오셨단 말입니다!"

천막 바깥에서 소란이 일었다. 일제히 사람들이 침묵하며 무릎을 꿇는 소리였다.

"황제폐하 만세!"

"얀키누스 폐하 만세!"

종자의 헛소리가 아니었다. 여기저기서 황제를 찬양하는 외침이 퍼졌다.

"빌어먹을! 쿨럭."

알프난이 벌겋게 변한 얼굴로 바깥으로 뛰쳐나갔다.

'어째서 폐하가 오신 거지? 아니, 못 올 건 없어. 어쩌면 당연한 거다.'

알프난은 천막에 나가자마자 사방에서 펄럭이는 자색 독수리 깃발을 바라봤다.

'원래 제국은 항상 황제가 전쟁을 지휘했다. 전장에서 솔선수범하는 게 당연했었지.'

1대도, 2대도 직접 전장에 나섰던 인물들이었다. 그러니 얀키누스가 전쟁에 나서지 못할 건 없었다.

따각, 따각.

말을 탄 얀키누스가 주둔지를 가로질렀다. 기사와 병사들이 무릎을 꿇고는 황제의 말을 기다렸다.

"나 황제 얀키누스 하멜론은 성벽 뒤에서 손가락질만 하지 않는다. 피를 흘려야 한다면 나도 그대들과 함께 흘릴 것이다! 고개를 들라! 제국의 수호자들이여! 지금은 나 역시 그대들과 똑같이 제국을 지키고자 하는 한 명의 병사일 뿐이다!"

얀키누스의 말에 기사들이 하나둘씩 일어섰다. 그들은 무기를 높게 들며 황제의 이름을 부르짖었다.

"폐하, 오신다는 연락을 받지 못했습니다."

"당연히 받지 못했겠지. 서신을 보낸 적이 없으니까."

알프난이 얀키누스를 맞이했다.

주둔지에서는 들뜬 기색이 역력했다. 얀키누스가 가져온 포도주와 훈제고기들은 북부에서 맛볼 수 없는 고급품이었다. 병사들은 간만에 맛보는 술과 고기에 피로조차 잊었다.

얀키누스가 알프난의 천막으로 들어갔다. 강철기사 두 명이 호위로서 따라 들어왔다.

'내게 책임을 묻는 건가.'

알프난이 침을 꿀꺽 삼키며 얀키누스의 말을 기다렸다.

"한잔하게."

얀키누스가 시종을 불러서 포도주를 따르게 했다. 알프난은 붉은 포도주를 보며 입술만 달싹였다.

'여기서 날 죽일지도 몰라.'

어쩌면 이 포도주에 독이 있을지도 모른다. 하지만 독이 있으면 어쩌란 말인가? 상대는 제국의 황제다. 그가 알프난을 죽이기로 마음먹었다면 살아날 방법은 없다.

꿀꺽.

알프난은 포도주를 단번에 들이켰다. 독이라도 마실 수밖에 없다.

"맛이 좋지 않은가? 올해 최고의 술이라네."

얀키누스가 웃으면서 손가락을 튕겼다. 시종이 다시 술잔을 가득 채웠다.

"이런 술을 마실 수 있어서 영광입니다, 폐하. 제 실책에 대한⋯⋯."

알프난은 추궁받기 전에 자신의 실책에 대해 먼저 말하려 했다. 얀키누스는 손가락을 흔들며 알프난의 말을 막았다.

"쉿, 쉿. 지나간 일을 따져 봐야 뭣하겠나? 태양전사단 내부에 배신자가 나올 줄 누가 예상했을까? 지금 중요한 건 북부의 반란군을 제압하는 일이네. 자네를 벌한다고 반란군이 약해진다면 이미 그 목을 베었을 것이네. 하지만 자네 같은 유능한 지휘관을 죽이면 반란군이 오히려 좋아하겠지. 지금 내겐 자네 같은 지휘관이 하나라도 더 필요하네."

알프난의 눈이 커졌다. 그가 머리를 바닥에 찧으며 목구멍이 찢어져라 외쳤다.

"폐하! 이 못난 알프난! 목숨을 바쳐 폐하를 위해 싸우겠습니다!"

알프난의 눈시울이 붉었다. 처벌을 각오했으나 황제는 그를 벌하지 않았다.

얀키누스는 알프난을 일으켜 세우며 다리를 꼬았다. 그는 턱을 괴곤 정세를 생각했다.

'포를카나의 바르카가 도망을 갔어. 내게 반기를 들지도 모르지.'

얀키누스는 각지의 왕국들에게 족쇄를 채웠다. 족쇄 채우기에 성공한 왕국도 있었지만, 포를카나처럼 실패한 왕국도 있었다.

'북부전선이든 서부의 약탈자든 둘 중 하나만 처리해도 왕국들은 반란을 일으킬 생각을 못 할 터.'

얀키누스는 북부전선을 끝내기 위해 여기까지 왔다. 그가 직접 군대를 이끌고 움직일 정도로 상황이 빠듯했다. 지금까지처럼 느긋하게 구경만 할 순 없었다.

"그래, 그 목숨과 충성을 잘 받겠네, 알프난. 다음 전투의 선봉을 맡겨도 되겠는가?"

얀키누스가 알프난의 어깨를 툭툭 쳤다.

알프난은 죽음까지 각오했으나 황제의 입에서 나온 말은 무한한 신뢰였다. 자신의 능력을 믿어주는 주군을 향한 충성심이 한없이 샘솟았다. 몸살 기운마저 날아가는 듯했다.

"맡겨만 주십쇼, 폐하."

알프난이 두 눈을 부릅떴다. 지금 그를 움직이는 건 출세욕이 아닌 충성심이었다.

북부전선은 황제의 참전으로 탄력이 붙었다. 황제의 근위대도 북부제국군에 합류했다. 문명세계에서 가장 강력한 군대가 북부에 있는 셈이었다.

'폐하는 작정하고 오신 거다. 북부전선을 가장 먼저 정리하기로 결심하신 거지.'

알프난이 투구가리개를 내리며 말 위에 올라탔다. 그를 따르는 태양전사들이 하나둘씩 따라붙었다.

태양전사단은 지금까지 충실한 황제의 심복이었다. 태양전사단원들은 전원이 야만인 출신이거나 혼혈이었기에 문명세계의 연고가 없었다. 덕분에 정치적 갈등이나 세력싸움에서 자유로운 병단이었다.

'북부의 독립이 태양전사단의 마음을 흔들었다.'

태양전사단의 태반이 북부인 출신이다. 귀족들의 뇌물에도 꿈쩍 않던 태양전사들도 동포의 자유를 위해 움직였다.

'북부에도 태양교의 영향력이 강해져서 이런 일이 생긴 거자……'

태양전사단의 설립목적은 내부적으로는 황제의 권력 강화였으나, 대외적으로는 야만인의 개종이었다. 그리고 그렇게 개종한 동포를 보호하는 것은 태양전사의 사명 중 하나다.

'어찌 보면 지금처럼 분열하는 게 당연했어. 신앙심을 중심으로 단원을 뽑은 게 실수였던 거다.'

그나마 세속적 욕망에 충실한 태양전사들은 제국에 남아 있었다. 그들은 북부반란군에 합류해 봐야 고난만 있다는 걸 알기 때문이다.

"나는…… 반드시 더 높은 곳으로 올라갈 것이다."

알프난이 중얼거렸다. 평생을 바쳐 태양전사단장이 되었다. 곧 권력의 중추가 코앞에 있었다. 어지간한 대귀족 못지않은 권세가 눈앞까지 왔다가 사라졌다.

'아직 늦지 않았어. 폐하께서 내게 기회를 주셨다.'

알프난은 반란군의 요새를 바라봤다. 제국의 축성기술로 쌓아 올린 요새인지라 여간 튼튼한 게 아니었다.

'북부인을 막기 위해 견고하게 지은 요새가 지금은 저들의 방패가 되었군.'

알프난은 숨을 고르며 말고삐를 잡아당겼다. 그가 태양전사단을 이끌며 선봉에 섰다. 배반과 사상자로 줄고 줄어서 백여 명밖에 남지 않은 태양전사단이었다.

뿌우우우우-!!

나팔수가 가슴과 볼을 부풀려 가며 힘껏 나팔을 불었다.

"돌- 격!"

태양전사단의 기수가 깃발을 높게 올렸다. 그와 동시에 태양전사들이 용감무쌍하게 돌진을 했다.

"성문이 열렸다! 놈들이 요격을 나옵니다!"

성문에서는 무장한 반란군들이 쏟아져 나왔다.

알프난은 고개를 들어서 명령을 기다렸다.

'돌격.'

본대의 기수가 돌진 깃발을 흔들었다. 알프난은 태양전사단과 병사들을 이끌고 반란군의 진영과 부딪쳤다.

"으, 으아아아아!"

군대가 충돌했다. 금속이 찌그러지고 살이 뭉개진다. 피는 땅을 적셨다.

"일어서라-!! 전진해라! 우리가 길을 연다!"

알프난이 칼을 길게 휘둘렀다. 사람과 사람으로 뒤엉킨 전장은 지옥이 따로 없었다. 죽음이 쉴 새 없이 사람들의 생명을 낚아챘다.

알프난의 부대는 필사적으로 항전했다.

"오오오오!"

태양전사단은 제국에서도 손꼽히는 정예 병력이다. 북부전사들조차 태양전사의 위용에 뒷걸음질 쳤다.

끼릭, 끼릭.

뒤편에서 바퀴가 굴러가는 소리가 났다.

"길을 열어라! 제국의 불이다!"

뒤에서 병사들이 소리를 크게 질렀다. 제국군이 좌우로 벌어지면서 강철포가 달린 수레가 북부전사들 앞에 섰다.

부글, 부글.

무언가가 끓는 소리가 났다.

화아아아악!

수레에 실린 강철포에서 거친 불꽃이 뻗어 나갔다.

"아, 아아아아악!"

불꽃에 휘말린 북부전사들이 비명을 질렀다. 시커먼 액체와 함께 발사된 불꽃은 좀처럼 꺼지지 않았다. 망토를 두들기고 땅 바닥을 뒹굴어도 불꽃은 꺼지지 않고 사람을 끝까지 태웠다.

"맙소사!"

알프난조차 제국의 신병기를 보곤 경악했다.

'제국의 불'이라 불리는 신병기였다. 실전에서는 처음 사용 하는 무기였으나 불꽃의 공포는 대단했다. 북부전사들은 마법 이라 떠들며 두려워했다.

"불꽃 마법이다! 놈들이 마법을 쓰고 있어! 카아아아악!"

북부전사들이 소리를 질렀다.

"점화!"

제국군 장교가 외쳤다. 병사들이 강철포 뒤에 횃불을 가져 가 댔다. 뭔가가 끓는 소리가 나더니 검은 액체와 불꽃이 앞으 로 튀어 나갔다.

화르르르륵!

알프난은 제국의 불을 다루는 병사들을 바라봤다. 화상으 로 얼굴이 얼룩덜룩한 병사들이었다.

'화염가루와 검은 액체로 무기를 만든다는 소문은 들었지만……'

남부의 사막에서는 종종 불이 붙는 검은 액체가 땅에서 솟아났다. 비곗덩어리처럼 불이 잘 붙는 액체다. 제국의 학자들은 오랜 연구를 통해 불을 뿜는 병기를 만들었다.

"하, 하하핫!"

얀키누스는 먼발치에서 피어오르는 불꽃을 보며 손뼉을 쳤다. 실전에는 첫 투입을 했는데도 굉장한 위력이었다. 그 용맹한 북부전사들조차 불꽃에 겁을 먹고는 도망치기 바빴다.

"굉장해. 훌륭하군!"

끈적끈적한 인화성 액체까지 함께 발사된다. 그 덕분에 제국의 불은 한번 붙으면 쉽게 꺼지지 않는다.

북부전사들은 위세가 꺾여 요새 안으로 후퇴를 했다. 그들은 성문을 닫고는 수성을 벌였다.

"화염 항아리를 날려라."

얀키누스가 손을 뻗었다. 그는 솟아오른 불꽃을 볼 때마다 짜릿한 충동을 느꼈다.

화염기름은 제국의 학자들이 연구 끝에 만든 혼합물질이다. 제국의 불에서 쓰는 점화물질도 화염기름의 일종이었다.

두- 쿵!

화염기름이 잔뜩 담긴 항아리가 투석기에서 발사됐다. 화염기름이 요새 안쪽으로 떨어졌다.

"발사!"

연달아 불화살이 화염 항아리가 떨어진 곳에 박혔다. 순식간에 요새 내부에 불길이 번져 갔다. 목조가옥이 대부분인 터라 불꽃은 더욱 빠르게 번졌다.

"물을 부어! 물!"

요새 내부에서는 북부전사들이 물통을 가져와 화재를 진압하려 했다.

화아아아악!

불길을 끄려던 전사들이 비명을 내질렀다. 그들의 얼굴과 몸뚱이가 벌겋게 타올랐다.

"물, 물로 꺼지지 않아! 물을 부으면 폭발한다!"

타오르는 화염기름에 물이 닿자 오히려 불길이 폭발하듯 사방으로 튀었다. 그야말로 무시무시한 신병기였다.

"마법을 부리는 건가?"

"마법사가 있는 게 분명합니다!"

북부전사들은 처음 보는 병기에 크게 당황했다. 다행히 화염기름 항아리는 더 이상 떨어지지 않았다. 북부전사들은 정신을 차리곤 성벽 위로 올라가 활시위를 당겼다.

기세를 잡은 얀키누스가 손을 다시 한번 들어서 뻗었다.

"화염 항아리를 더 발사해라."

"가져온 화염기름은 이게 전부입니다."

"음, 아쉽군."

화염기를 제조는 많은 시간과 돈이 들었다. 남부 사막지대에서 핵심재료인 검은 액체를 길어 와야 했으며, 유황과 뼛가루, 석회 같은 물질도 필요했다. 조금만 비율이 뒤틀려도 병기로 써먹지 못하기 때문에 생산이 쉽지 않았다.

"카아아악!"

제국의 불을 다루던 병사가 비명을 질렀다. 점화한 제국의 불이 발사되지 않고 그 자리에서 폭발했다.

"제국의 불은 후퇴해라. 어쨌든 오늘 안에 저 요새를 차지하겠군."

홍이 가라앉은 얀키누스는 의자에 앉으며 전장을 바라봤다. 제국의 신병기 때문에 전장의 흐름이 많이 기울었다. 그 용맹한 북부전사들조차 제국의 불 때문에 몸을 사렸다.

'아무리 용맹하더라도 처음 본 무기에는 당황할 수밖에 없지.'

얀키누스가 턱을 괴며 요새를 바라봤다.

'우리가 지은 요새 때문에 발이 묶이다니 한심하군.'

북부인은 좀 더 경계했어야 했다.

'태양교의 교세가 세졌으니 오히려 제국과 쉽게 동화될 거라 생각했는데…… 그게 독립왕국을 주장하는 빌미가 될 줄이야 누가 알았으랴.'

얀키누스는 야만인조차 제국 안으로 끌어들이려고 했다. 그는 야만인 동화정책을 적극적으로 펼치며 태양교를 포교했다. 그런데도 북부인은 반란을 일으켰다.

'제국의 몸뚱이에 비해 지배할 땅이 너무 많아진 거다. 서부와 동대륙까지 세력을 뻗치려면 내부정비부터 해야 돼. 이미 망한 거나 다름없는 랑케가트 왕국은 제국 안으로 집어넣고……'

얀키누스는 새로운 세상을 맞이하기 전에 제국을 정비해야 할 필요성을 느꼈다.

"북부인의 왕국? 하, 어림도 없는 소리."

얀키누스가 소리 내어 비웃었다. 그가 승리를 확신할 무렵에 정찰병이 뛰어와 무릎을 꿇곤 보고를 했다.

"폐하! 서쪽에서 군대가 진군하고 있습니다."

얀키누스는 눈살을 찌푸리며 지평선을 바라봤다. 연기가 자욱했다. 대규모의 병력이 저곳에 도착했다는 뜻이었다.

"깃발은?"

"회색늑대! 카셀마로니 왕국군입니다!"

카셀마로니는 북서에 위치한 내륙지방의 산악왕국이었다.

'휠란 백작을 통해 카셀마로니는 구워삶은 줄 알았거늘.'

얀키누스가 이맛살을 찌푸렸다.

'돌아가면 휠란 백작의 목을 쳐야겠군. 입만 조잘거리지 능력은 없는 놈이다.'

카셀마로니가 제국군을 돕기 위해 군대를 끌고 왔을 리는 없다. 아무리 제국과 가까운 왕국일지라도 제국의 정복활동을 돕진 않는다. 외교적으로 친밀하더라도 제국은 본질적으로 침략자였고, 왕국은 지배당하는 위치다.

"카셀마로니에서 전령이 왔습니다."

"하하, 놈들이 무슨 명목으로 여기까지 왔는지 이야기나 들어보지!"

얀키누스가 분노를 삼키며 웃었다. 그가 벌떡 일어나 전령을 맞이했다.

"제국의 주인을 뵙습니다."

경갑을 입은 전령이 망토를 펄럭이며 허리를 숙였다. 그는 카셀마로니 국왕의 뜻이 담긴 서신을 넘겼다.

"카셀마로니는 루를 믿는 아들로서 북부의 태양신도들을 지지한다?"

얀키누스가 내용을 훑어보더니 코웃음을 쳤다. 카셀마로니 국왕은 북부인들이 왕국을 만드는 걸 지지했다. 북부인도 태양교를 믿는 이상 정당성이 있다는 논지였다.

논지 자체는 틀리지 않았다. 실제로도 북부의 태양사제들은 그런 논리로 제국에게 등을 돌렸다. 울가로를 버린 북부인들은 태양의 왕국을 세울 권리가 있었다.

'지지하긴 무슨……. 이를 빌미 삼아 제국에서 벗어나겠다는 거겠지. 대단한 도박수를 던졌군. 어쩌면 휠란 백작 말고 진짜 카셀마로니의 첩자가 수도에 있는 걸지도 모르지. 휠란

백작은 내가 카셀마로니의 첩자를 회유하는 데 성공했다고 믿게 만드는 미끼였나?'

정치판은 얽히고 얽힌 거짓의 연속이다. 냉혈한 뱀일수록 살아남는 곳이다. 어쨌거나 휠란 백작의 목숨은 없는 거나 마찬가지였다.

'최악의 경우는 내가 포를카나의 바르카를 놓쳤다는 걸 카셀마로니가 아는 거다. 자신들이 봉기하면 포를카나도 봉기할 거라 예상하는 거지. 어쩌면 이미 이야기가 오갔을지도 몰라.'

포를카나가 봉기하면 얀키누스 입장에서는 상당히 곤란했다. 동대륙 탐사를 위해 포를카나에 들어간 비용은 어마어마했다. 그래서 어떻게든 포를카나만큼은 묶어두려고 바르카를 수도에 머물게 했었다.

'바르카는 휠란 백작의 딸을 이용해 탈출했지. 휠란 백작이 여러모로 문제로군. 곱게 죽이면 내 분이 풀리지 않겠어.'

얀키누스의 기나긴 생각은 실제 시간으로는 길지 않았다. 잠시 뜸 들이는 정도에 불과했다.

"감히 제국군과 맞서겠다는 건가? 그대의 왕은 진심으로 내게 이런 서신을 보냈단 말이냐?"

얀키누스의 나직한 말에 전령이 움찔했다. 전령은 가장 위험한 보직 중 하나다. 특히 나쁜 소식을 전한 전령은 안 좋은 꼴을 많이 보곤 한다.

"폐하."

기사 하나가 얀키누스 곁에 다가오더니 속삭였다.

"북부반란군의 지원군이 오고 있습니다. 그 소문의 소년왕 빌케르가 지휘하고 있다고 합니다. 병력을 재정비해서 싸우는 게 좋을 것 같습니다."

얀키누스는 섣불리 감정에 지휘를 맡기지 않았다. 그는 후퇴명령을 내렸다.

'카셀마로니도 여기서 우리와 정면으로 싸우려 하진 않겠지. 그럴 거면 전령을 보내지도 않았을 테니까.'

양측 다 군대를 새로이 정비하고 최상의 상태로 싸우길 원할 터다.

'북부에서의 전쟁이 길어지겠군.'

얀키누스가 쓰게 웃었다. 그는 카르니우스에게 보낼 서신을 준비했다.

to be continued

나는 될 놈이다

글쓰는기계 게임 판타지 장편소설
WISHBOOKS GAME FANTASY STORY

판타지 온라인의 투기장.
대장장이로 PVP 랭킹을 휩쓴 남자가 있다?

"아니, 어디서 이런 미친놈이 나타나서……."

랭킹 20위, 일대일 싸움 특화형 도적, 패배!

"항복!"

'바퀴벌레'라고 불릴 정도로
끈질긴 생명력을 가진 성기사조차 패배!

"판타지 온라인 2, 다음 달에 나온다고 했지?"

평범함을 거부하는 남자, 김태현!
그가 써내려가는 신개념 게임 정복기!

마왕성
플레이어

트레샤 퓨전 판타지 장편소설
WISHBOOKS FUSION FANTASY STORY

신들의 전장, 하멜.

집으로 돌아가기 위한 마지막 싸움.
믿었던 동료가 배신했다!

[영혼 이식의 대상을 선택해 주십시오.]

뒤바뀐 운명. 최약의 마왕. 그리고…….

"이번에는 좀 다를 거다!"

어둠 속에 날카로운 칼날을 감춘,
마왕성 플레이어의 차가운 복수가 시작된다.